KB002268

파리의 감각

파리의 감각

Aesthetic Sense of Paris

내 영혼에 새겨진
한없이 따뜻한 여행의 순간들

정연숙 지음

미래의창

프롤로그

이 글을 쓰기까지 7년이 걸렸다. 그 7년은 글을 쓰는 데 필요한 물리적인 시간이 아니라 나의 모든 감각을 동원한 경험적인 시간을 의미한다. 여행을 막 다녀온 직후에 생기는 여행의 후유증은 누구에게나 있다. 그러나 후유증은 일상에 적응하고 나면 얼마 지나지 않아 사라지는 게 정상이다. 사라지지 않는 증상에 대해서는 어떤 이름을 붙여줘야 할까. 파리는 어느 정도 시간이 흐른 후에도 내 생활 속에서 떠나지 않고 계속해서 나를 따라다녔다.

우연히 핸드폰에 남겨진 과거의 기록들을 살펴보던 어느 날이었다. 여러 메모 가운데서 파리와 관련된 글 하나가 눈에 띄었다. 제목은 '파리와 삼십 대 여자'. 메모를 열어보니 그곳에는 나조차도 잘 기억나지 않는 빛바랜 과거가 묻혀 있었다.

> 삼십 대 여자의 불안함과 흔들림에 관한 산문집을 쓰고 싶다. 채워지지 않는 그 모든 감정들을 모조리 글로 녹여

내고 싶다. 나는 과연 잘 살고 있는 걸까? 잘 살고 있다는 건 무엇일까? 서른넷의 어느 날, 이십 대에는 결코 해본 적 없던 질문들이 미친듯이 떠올랐다. 무언가를 열심히 채워보려 노력하지만, 여전히 알 수 없는 공허함이 밀려온다. 나는 왜 이토록 우울해하는가. 이 감정은 잠잠하게 숨어 있다가도 잊을 만하면 한 번씩 불쑥 올라와 나를 뒤흔들었다.

나는 파리를 배경으로 흔들리는 인간에 관한 이야기를 쓰고 싶었다. 파리에 다녀온 지 4년째 되는 해의 기록이었다. 그리고 그 해에 펜을 들었다. 하지만 열 문장 이상 쓸 수 없었다. 딱 그만큼의 인간이었다.

그때로부터 3년이 지났을 때, 그러니까 파리에 다녀온 지 7년째 되는 해에 나는 비로소 무언가를 쓸 수 있었다. 그제서야 나를 계속해서 따라다니는 파리를 마주볼 수 있게 된 것이다. 내가 7년 전의 파리에 관해 쓴다고 하니 누군가는 이런 말을 했다. “어떻게 그 오래된 기억을 떠올릴 수 있죠? 어렴풋이 떠올릴 수는 있어도 생생하게 기억해내긴 어렵지 않을까요?” 전혀 그렇지 않았다. 여전히 내 기억 속에서는 파리가 살아 움직이고 있었으니까. 오히려 파리가 나를 붙잡고 놔주지 않을 만큼 지나치게 생생한 기억이었으니까. 그것이 내가 파리에 관하여 쓰고 싶었던 이유다.

파리의 기억들은 나의 온몸 구석구석에 각인되어 있었다. 나의 눈과 코에도, 입술과 귀, 피부, 심지어 보이지 않는 내 영혼에까지 남아 있었다. 마치 지워지지 않는 문신, 무늬와도 같았다. 이 책을 6개의 챕터로 나눈 것도 내 6개 감각에 남아 있는 파리의 흔적 때문이다.

그렇다면 이 흔적은 어디에서 온 것일까? 파리에서의 지난날들을 회상해보니 아름다운 파리의 풍경 속에는 생각하는 내가 있었다. 영화 〈비포 선라이즈〉에서 셀린은 달리는 기차 안에서 제시를 향해 이런 질문을 한다.

"유럽 여행 어땠어요?"
"몇 주 동안 계속 창밖만 바라봤어요."

셀린이 그게 무슨 말이냐는 듯한 표정을 짓자 제시는 이렇게 답한다.

"그만큼 생각을 많이 했다는 뜻이에요."

제시의 말처럼, 파리는 나에게 많은 질문을 던졌다. 그리고 나는 그 질문에 답을 하면서 떠오른 생각의 파편들을 내 몸

깊숙이 묻어두었다. 그렇게 오롯이 내 감정으로 파고들어 스스로에게 묻고 또 묻던 파리에서의 날들은, 나를 사색하는 시간이었다. 지금보다 더 괜찮은 내가 되고 싶어서 나를 들여다보았다.

나에게 파리는 명상과 침잠을 위한 도시였다. 내 안으로 고요히 가라앉는 명상과 침잠은 아름다운 상태에 머무르겠다는 하나의 다짐이다. 아름다운 것을 보고, 듣고, 먹고, 마시고, 즐기고, 느끼며 아름다운 나로 거듭나겠다는 의지다. 눈을 감고 가부좌를 틀어야만 명상인 것은 아니다. 지금 이 순간을 온전히 느끼고 바라볼 수 있다면, 내 안의 나를 마주하려는 친절함이 있다면, 나는 그것이 명상이 될 수 있다고 생각한다.

파리의 아름다움에 둘러싸여 나는 다양한 경험을 했다. 그 경험들을 통해 여러 생각을 했지만 결국 내가 원한 것은 하나였다. 진정한 나로 살아가는 기쁨. 그것을 위해서는 나의 내면으로 깊숙이 들어가서 평소라면 들여다보지 않을 자잘한 것들까지도 모두 살펴봐야 했다. 나는 이러한 과정을 '파리의 감각'이라고 부르고 싶다. 이 '파리의 감각'은 내가 머물렀던 짧은 기간 동안 전부 해소될 수 있는 것은 아니었다. 그 자리에서 즉각적으로 얻을 수 있는 대답도 있었고, 또 그렇지 못한 대답도 있었다. 후자의 이유 때문에 이 글을 쓰기까지 그리 오랜 시간이 걸렸다. 7년이라는 시간은 생각을 차근히 쌓아가는

데 필요했던 것인지도 모르겠다.

파리의 감각 속에서 내가 자주 했던 생각은 '과거와 현재, 미래가 모두 하나의 선으로 연결돼 있다'는 것이다. 과거의 사건이 과거에서 끝나지 않고 현재와 미래의 나에게 계속해서 영향을 주고 있다는 생각을 떨칠 수가 없었다. 지난 7년 전의 파리는, 다시 말해 과거의 파리는, 그 끝을 모르고 현재의 나와 미래의 나에게까지 이어지고 연결되어 나를 기쁘게 했고, 나의 움츠린 영혼을 위로했다.

파리의 감각이 내게 남긴 질문은 이것이다. 나는 이 세상에 어떤 모습으로 보이기를 원하는가? 어떤 모습으로 있을 때 가장 행복한 나로 살아갈 수 있는가? 이제 나는 이 물음에 답을 할 수 있다. 아름다운 언어, 예술로서의 언어를 다루는 사람으로 사는 것.

내 직업은 통번역사다. 나는 기본적으로 언어를 동경했고, 그것을 예술로서 생각하는 면이 있었다. 이 책에는 나의 일에 관한 이야기가 종종 등장하는데, 세계의 수많은 언어가 모여든 에펠탑 앞에서 직업적 영감을 받았던 장면도 나온다. 나는 그 영감을 움켜쥐고 한국에 돌아와서 바로 37개국의 언어를 통번역하는 에이전시를 만들었다. 그럼에도 온전한 나로 살아간다는 느낌을 받기에는 사실 부족했다. 갈증이 났다. 이성적이고 논리적인 기준으로 언어를 다루어야 하는 일을 주로 했기에, 인간의 내면을 건드리는 감성적인 언어 작업도 하고 싶었다. 언어를 예술로서 다룰 수 있는 삶이란 얼마나 아름다울까 생각하다가 결국 책을 쓰게 된 것이다.

이 책은 뒤흔들린 삶을 살아가는 한 인간의 온갖 감정을 시각, 청각, 미각, 후각, 촉각, 육감에 녹여낸 것이며, 이 6개의 감각은 모두 파리를 배경으로 펼쳐진다. 나와 같이 삶에 흔들리는 누군가가 있다면, 나에 대해 생각하고 싶은 누군가가 있다면, 그리고 다른 이유를 막론하고 파리를 열렬히 좋아한다면, 이 책을 권하고 싶다.

내게 그랬던 것처럼, 파리가 당신의 영혼을 구할 것이다.

목차

파리 제3의 감각

미각
내 혀에 드리워진 파리의 맛

파리 제4의 감각

후각
내 코에 스며든 파리의 냄새

파리 제5의 감각

촉각

내 피부에 스친 파리의 위로

파리 제6의 감각

육감

내 영혼에 각인된 파리의 느낌

파리 제1의 감각

Aesthetic Sense of Paris

시각

내 눈에 담긴 파리의 얼굴

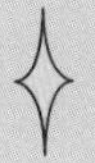

짙은 갈색 눈동자에 드리워진 황금색 띠.
내 두 눈에 담긴 파리의 얼굴은 어둠 속에 쏟아지는 생생한 빛 한줄기였다.

마담과 마드모아젤 사이에서

누군가 내게 말했다. 인생에서 나이 듦에 대해 혼란을 겪는 시기가 두 번 찾아온다고. 스물아홉에서 서른으로 넘어갈 때 한 번, 서른아홉에서 마흔으로 넘어갈 때 또 한 번. 그리고 마흔 이후로는 더 이상 나이를 세지 않게 된단다. 그 말이 사실인지는 몰라도 어쨌거나 스물아홉의 나는 엄청난 혼돈의 시기를 겪은 것이 맞다. 그리고 아직 접해보지는 않았지만 마흔을 그리 얼마 남기지 않은 지금 이 시점에, 나는 나이에 대한 상념에 자주 빠지고 있다. 서른아홉이 되면 10년 전의 그때와 마찬가지로 제2의 혼돈을 겪게 되는 것일까?

처음 파리를 방문했던 시기는 서른을 넘긴 지 얼마 되지 않았을 무렵이었다. 그 계절의 나는 나이를 먹어간다는 사실에 무척이나 예민해 있었다. 실제 나이는 삼십 대에 들어섰지만, 여전히 이십 대라는 젊음의 상징에는 집착을 버리지 않았다. 아니 버릴 수 없었다. 나는 아무것도 이룬 게 없었고, 어떤 삶의 의미도, 가치도, 정수도 찾지 못한 상태였기에 나이를 먹는다는 것이 몹시 두려웠다.

파리로 가는 비행기 안, 나는 촘촘한 간격의 이코노미 클래스 한가운데에 앉아 11시간이 넘도록 움직일 자유를 상실한 채 좌석에 묶여 있었다. 기내식 배식 시간에는 옆자리에 앉은 사람의 도움을 받아 음식을 전달받아야 했고, 승무원에게 무언가를 요구할 때도 송구스럽다는 듯이 조금 버겁게 청해야 했다. 두 번째 배급 시간이 되었을 때, 승무원이 나를 향해 물었다.

"마담, 무엇을 드시겠어요?"

나는 그 말에 적잖이 충격을 받았다. 단순하게도 나를 '마담'이라고 칭한 것 때문이었다. 내가 탑승했던 비행기의 항공사는 에어프랑스로, 그 승무원은 불어 억양의 영어를 구사하는 프랑스 남자였다. 물론 그에게는 아무런 문제가 없다. 당시의 내 의식에 문제가 있었을 뿐. 불어로 마담*Madame*은 기혼 여성에 대한 경칭, 또는 미혼이나 기혼 여부와 관계없이 여성에 대한 경칭으로 사용된다. 하지만 그땐 후자의 의미를 잘 알지 못했다.

나는 음식을 앞에 두고 한참이나 상념에 빠져 있었다. 왜 나를 '마드모아젤*Mademoiselle,* 미혼 여성에 대한 경칭'이라고 부르지 않는 거지? 내가 그렇게 늙어 보이나? 이제는 내가 더 이상 이십 대로 보이지 않는 건가? 내가 이십 대가 아닌 것도 맞고, 나이 들어 보일 수도 있으니, 마담이라 부를 수도 있어. 틀린 게 아니라고. 근데 왜 이렇게 화가 나지? 이런 생각들이 머릿속에서 뒤섞이기 시작하니 내가 삼십 대라는 현실이 그토록 쓸쓸하게 느껴질 수 없었다.

한국에서 '어려 보인다'는 말은 주로 칭찬으로 쓰인다. 그리고 나 또한 그런 말을 듣는 것이 좋았다. 서른 중반이 될 때까지 나를 이십 대로 봐주는 것을 즐겼고, 겉모습을 가꾸는 데 열정을 쏟아부었다. 심지어는 일부러 나이를 드러내지 않기도 했다. 나이를 말하지 않았을 때 나를 이십 대라고 생각하는 사람들을 보며 작은 희열을 느꼈으니까. 안티에이징에 좋다는 화장품과 제품들에 열광하기 시작했고, 피부과에 가서 시술을 받는 날이 많아졌다. 팽팽해진 얼굴을 보며 뿌듯함을 느꼈다.

그때 내가 사람들을 만날 때마다 자주 던졌던 질문은, '내가 몇 살처럼 보이냐'는 것이었다. 참 어리석게도 나를 이십 대로 봐주면 환호했고 제 나이로 봐주면 침울해했다. 한편으론 이런 생각을 했던 것 같다. '이 나이 먹도록 이룬 것이 없으니 뭔가를 이루기 전까지 늙어 보여선 안 돼. 젊음을 유지해야 해.' 그런데 젊음에 집착하면 할수록 내면이 텅 빈 것처럼 느껴졌다. 아무리 채우고 채워도 결코 채워지지 않는 밑 빠진 물독이 된 것처럼 엄청난 공허함이 밀려왔다. 이런 헛된 마음으로 살아가던 나를 깨운 것은 가브리엘 샤넬*Gabrielle Chanel, 1883~1971*의 말이었다.

> "마흔이 넘으면 그 누구도 젊지 않다. 하지만 나이와 상관 없이 거부할 수 없을 만큼 매력적일 수는 있다."

언젠가 프랑스 여자의 나이 듦에 대한 책을 읽은 적이 있는데, 그 책에서는 그들에게 무엇보다 중요한 것은 눈에 보이는 외모가 아닌 '매혹'이라고 했다. 그러고 보니 중년에 가까워진 프랑스 여자가 젊어 보이기 위해 외모에 집착하거나 나이가 들었다고 위축되는 경우는 거의 보지 못했던 것 같다. 한마디로 그들에겐 젊어 보이는 것보다 매력적으로 보이는 게 더 중요한 것이다. 당당하고 자신감 있는 내면에서 나오는 아름다움이 나이를 더해갈수록 더욱더 깊어지는 것을 보며 이런 생각을 하게 되었다. 매혹을 쌓는 것에 집중하면 더 이상 젊음에 집착할 필요가 없겠구나.

원숙미가 더해진 어른의 얼굴에서는 다양한 표정이 읽힌다. 얼굴에 각인된 풍부한 표정은 생의 역사를 말해주고, 때론 그것이 그 어떤 말보다도 위엄 있게 느껴진다. 자기만의 아우라가 풍겨 나오는 것이다. 매혹이란 때로는 눈빛의 깊이나 미간의 쓰임, 주름의 위치, 근사한 미소일 수도 있으며, 자기에게 꼭 맞는 스타일 또는 자신이 쓰는 언어가 될 수도 있다. 이토록 다채로운 아름다움이 존재함에도 나는 오로지 눈에 보이는 젊음이 전부인 것처럼 살아왔다. 나이가 든다는 것의 의미를 늙음 또는 생의 상실이라고 생각했기 때문이다. 파리로 향하는 비행기 안에서 마담이라는 호칭 하나로 마음이 격렬히 뒤흔들렸던 것처럼 말이다.

그 후로 몇 년이 흘러 프랑스 여자가 나이를 바라보는 관점을 접하고, 아름다움이란 다채롭고 입체적이라는 사실을 깨닫게 되면서 내 생각은 서서히 바뀌었다. 이제는 나이 듦을 더 이상 부정적으로 여기지 않는다. 나이 앞자리 숫자가 바뀌는 것에 몸서리치게 격분하고, 뒷자리 숫자가 바뀔 때마다 괴로워하던 지난날들과 달리 이제는 좀 더 삶의 태도와 매혹에 집중할 수 있게 되었다. 그것이 비록, 지금 당장 눈앞에 나타나지 않을 미지의 것이라 하더라도.

모네, 영혼의 정수

그때는 이해할 수 없었다. 혼자인 사람들이 클로드 모네 *Claude Monet, 1840~1926*의 〈수련〉을 왜 하염없이 바라보는지를. 부동의 자세로 그림을 마주하던 몇몇 이들은 시간이 흘러도 그 자리를 떠날 마음이 없어 보였다.

스산한 날씨 때문이었는지 내가 방문했을 당시의 오랑주리 미술관은 비교적 한가했다. 특별한 공간에서 사색과 고독을 만끽할 수 있는, 인생에서 몇 안 될 빛나는 순간이었다. 그러나 아쉽게도 그때의 나는, 나에게 침잠하는 법을 잘 몰랐다. 작품들이 근사해 보이기는 했지만 그 앞에서 오랫동안 머무르는 사람들의 심리를 이해할 수 없었다. '저 사람들은 그림 앞에서 왜 저렇게 오래 앉아 있는 거지?'라는 생각뿐, 작품 자체에 감동하거나 어떤 감흥을 느끼지는 못했다. 수련 연작이 뿜어내는 공간의 신비와 아름다움을 그때는 왜 알아차리지 못했을까.

세월이 흐르고 나서야 나는 모네를 사랑하게 되었다. 파리 근방의 작은 마을 지베르니에서 기분 전환을 위해 수련을 심었던 그는 처음엔 그것을 그림으로 그릴 생각은 없었다고 한다. 그랬던 그가 수련과 사랑에 빠진 것은 그로부터 한참의 시간이 흐른 뒤였다. 마음이 영글지 않았을 때는 큰 관심이 없다가도, 어느 날 갑자기 늘 눈앞에 있던 대상이 빛나 보이는 순간들이 있다. 모네는 수련을 보며 그런 느낌을 받았을지도 모른다. 내가 몇 해 전 오랑주리 미술관에서 그의 수련 연작을 마주했을 때는 별 느낌이 없다가 세월이 흘러 아련한 감정을 품게 된 것처럼 말이다. 과거의 나는 그림의 내면으로 깊이 들

어갈 수 없었다. 나의 눈은 오로지 외적인 아름다움에만 사로잡혀 있었다. 그래서 사물의 내면이나 본질에는 마음을 할애하지 못했다.

아무래도 만물에는 적절한 때가 있는 것 같다. 그리고 마음에도 그 '때'가 존재한다. 마음이 영글어지는 때 말이다. 나는 파리 여행 이후로 그 시기를 맞이했다. 다른 말로 하자면 '영혼의 유배기'라고도 표현할 수 있을 것이다. 마음속에서 비바람이 불고 번개가 치며 폭풍이 끊이지 않던 그 시절, 스스로가 인생의 바닥에 있다고 생각했다. 그런데 지금 와서 돌이켜보면 바닥이라고 생각했던 그때가 무언가를 다시 시작할 수

— 클로드 모네, 〈수련〉, 1920~1926년,
캔버스에 유채, 219×602cm,
오랑주리 미술관 소장.

있는 인생의 전환점이었다. 당시 나의 마음에도 새로운 변화를 위한 시간이 필요했다. 그 시기는 신이 나에게 주는 어떤 표지가 아니었을까? 지금은 인생에서 무언가를 배우면서 의식의 성장을 이룰 시기이니 지금의 나를 온전히 받아들이고, 한 단계 더 진화할 준비를 하라고 말이다.

그 시절의 나는 풋풋한 마음의 계절을 지나, 열매가 무르익어가는 것처럼 더 성숙하고 단단한 마음을 만드는 과정을 거치고 있었다. 그 후 당장 눈앞의 상황이 확 바뀌진 않았지만 확실한 건 내 안에 자아의 신화를 이루고자 하는 마음이 존재했다는 것이고, 좀 더 괜찮은 나로 거듭나기 위해 변화를 기꺼이 받아들이기로 선택한 것이었다. 나의 의식이 이전과 달리 성숙해졌다고 느꼈을 때는 다름 아닌 실패의 경험들을 두루두루 거치고 난 후였다. 어쩌면 삶에서 시행착오를 겪는 것을 거부하는 것은 인간으로서 살아가기를 거부하는 것과 같지 않을까? 그렇기에 인생의 실패를 경험한 나를 쓰다듬고 위로해주어야 마땅하다.

마음이 영글어지니 이전에는 보이지 않던 것들이 보인다. 그중의 하나가 모네의 그림 〈수련〉이다. 그의 그림을 보면 자연과 인간이 하나가 되는 물아일체의 개념이 떠오른다. 그는 수련에 대해 이렇게 말했다.

"나는 내 인생을 전부 바쳐야 할 꽃들을 그리는 중입니다."

그는 결국 자아의 신화를 이뤄냈다. 한 인간으로 태어나 자신의 인생을 전부 바칠 수 있을 만큼의 열정을 쏟았다는 건 마음과 영혼이 하나가 되어 몰두할 만한 대상을 찾았다는 의미다. 나의 가슴이 노래하고 나의 영혼이 기뻐하는 무언가를 찾는다는 건 결코 쉬운 일이 아니며, 또 찾는다 하더라도 그것으로 누구나 인정할 만한 최고의 경지에 오른다는 건 더더욱 어려운 일이다. 그런데 그는 자기 자신을 세상 속에 온전히 녹여냈다. 나는 그가 당시에 느꼈을 영혼의 기쁨이 지금까지도 이어지고 있다는 점에 깊은 감명을 받았다.

그는 〈수련〉 연작을 그리면서 궁극의 몰입을 경험했을 것이다. 몰입의 경지에 들어서는 순간 육체는 지금 여기 있으나 마음과 정신이 대상 안으로 깊게 빨려 들어가는 느낌이 든다. 모네도 이것을 경험하지 않았을까? 그가 그린 작품의 대표적인 특징을 하나 꼽으라고 한다면 '모호함'이라고 말하고 싶다. 뚜렷한 경계선이 사라지고 대상의 본질만이 살아 숨 쉬는 신비로움의 극치. 그의 영혼이 경계선을 허물고 자연의 정수 안으로 스며든 것만 같은 느낌이 든다.

몰입의 경지에 들어섰던 나의 지난날들에 대해 돌이켜 생각해보았다. 그런데 어쩐 일인지 처연한 마음이 들었다. 무언가에 온전히 함입했다기보다 중심에서 벗어난 가장자리에서 맴돌았다는 생각밖에는 들지 않았기 때문이다. 어떤 특별한 목적을 위해 집중한 적은 있어도 오롯이 나를 위한 몰입은 없었다. 학생 시절에는 시험과 취업을 위해, 직장인이 되어서는 돈을 위해, 나는 언제나 외적인 틀에 나를 맞추며 근사한 모양을 만들려고만 했지 정작 나에게 맞는 틀이 무엇인지는 알지 못했다. 그저 지금의 현실을, 주어진 삶을, 멀거니 바라볼 뿐이었다.

그런데 모네의 〈수련〉이 어느 날 내게 말을 걸었다. 앞으로의 네 삶에서, 너의 인생을 온전히 바칠 만한 것이 무엇일지 생각해보라고. 가장자리에서 벗어나 중심을 향해 조금씩 발을 들여놓을 수 있는 그 무엇에 대해 말이다.

아멜리에와 사랑스러운 고독

언덕진 몽마르트르 뒷골목을 배회하던 중에 유독 마음이 가는 상점 하나를 발견했다. 가게의 와인색 간판에는 '오 마르셰 드 라 뷔트*AU MARCHE DE LA BUTTE*'라는 이름이 백묵으로 꾹꾹 눌러쓴 듯 적혀 있었다. 옅은 노란색 건물 1층에 자리한, 초록색 가게 앞 매대에는 신선한 야채와 과일이 보기 좋게 진열되어 있었고, 몇 명의 손님들이 그 앞에서 과일을 고르고 있었다. 소담스럽게 쌓여 있는 과일을 보는 것만으로도 입 안 가득 침이 고였다. 나를 멈춰 서게 한 그 가게는, 알고 보니 영화 〈아멜리에〉에 등장했던 채소 가게였다.

채소 가게는 내가 아멜리에를 사랑했던 과거의 어느 때로 시간을 되돌려놓았다. 몽환적인 감각을 특히나 좋아했던 이십 대에 '아멜리에'는 내게 특별한 존재였다. 자신과 비슷한 성질의 사람에게 끌리는 것인지 나는 영화 속 주인공 아멜리에를 통해 나의 모습을 발견하곤 했다. 그녀의 삶을 바라보는데 어쩐지 익숙한 느낌이 들었다. 인생을 연극이라고 했을 때, 내가

연극 속 주연 배우가 아니라 객석에 앉은 관객으로서 내 삶을 관찰할 수 있다면 과연 어떤 기분이 들까? 나의 삶을 제삼자의 입장에서 관찰하는 것 같은 기분을 느끼게 해준 인물이 바로 아멜리에다.

나는 그녀의 삶을 한마디로 위트 있는 고독과 몽상이라고 표현하고 싶다. 어린 시절부터 그녀는 대부분의 시간을 혼자 보냈다. 우연한 사건으로 인해 학교에 가지 못하고 집에서 혼자만의 시간을 보내야 했던 그녀는 어릴 때부터 고독을 즐길 줄 알았다.

나도 어린 시절에 비슷한 종류의 고독을 맛보았다. 물론 나의 경우 타인에 의해서가 아닌 철저히 스스로 선택한 고독이었지만 그 분위기는 아멜리에가 느꼈던 고독과 매우 닮아 있었다. 어렸을 때 부모님이 모두 일터에 나가시면 나는 언제나 혼자였다. 위로 오빠가 한 명 있었는데 오빠는 밖에서 친구들과 어울려 노느라 집에 있는 시간은 거의 없었다. 나도 밖에 나가서 동네 친구들과 어울리거나 유치원에 가서 시간을 보낼 수 있었지만, 그렇게 하지 않았다. 혼자 가만히 누워 몽상에 빠져 있다가 등원 시간이 한참 지나서야 유치원에 가는 날이 많았다. 하원 후에는 계란밥을 먹으며 전원일기 재방송을 즐겨 봤다. 그때의 나는 딱히 친구들과 어울려 놀아야겠다는 의지도 없었고, 오히려 혼자서 사색에 빠지는 시간을 즐겼다. 바지 주머니에 양손을 찔러 넣고 산책하던 그 시절의 나는 또래 아이들에게는 발견할 수 없는, 독특한 분위기의 소유자였다.

나도, 아멜리에도, 고독을 품은 그 분위기 그대로 성장하여 사색적인 어른이 되었다. 아멜리에도 자신과 닮은 분위기를 가진 사람에게 끌렸던 것일까? 그녀는 뼈가 잘 부러져서 유리 인간이라 불리는 아래층 할아버지 레이몽 듀파엘과 친구가 된다. 그는 방 안에 틀어박혀 오귀스트 르누아르*Auguste Renoir, 1841~1919*의 그림 〈보트 파티에서의 오찬〉만 20년째 모사하고 있는 은둔형 화가다.

듀파엘이 모사했던 이 그림은 르누아르가 실제로 자기 친

— 오귀스트 르누아르, 〈보트 파티에서의 오찬〉, 1880~1881년, 캔버스에 유채, 130.2×175.6cm, 필립스 미술관 소장.

구들과 함께 점심 식사를 하고 선상의 유희를 즐겼던 알퐁스 푸르네즈의 식당 풍경을 그린 것이다. 그림 속의 인물들은 모두 행복해 보인다. 햇살 좋은 선상의 오후에, 어른들은 토끼와 고급 버섯 요리를 먹고 아이들은 잼 바른 와플을 먹고 있다. 그들에게 미각의 축복이 내렸는지 하나같이 밝고 화사한 표정이다. 그런데 단 한 사람만이 남들과 다른 오묘한 분위기를 풍기고 있다. 정중앙에서 우측 대각선으로 살짝 벗어난 자리에 앉아 물잔을 들고 있는 소녀의 표정을 보면 어쩐지 다른 세계에 있는 사람 같기도 하다. 듀파엘은 오랜 세월 르누아르의 그림을 그려왔지만 이 소녀의 표정만큼은 도무지 이해할 수 없다고 말한다. 그러면서 그는 물 잔 든 소녀의 모습에 아멜리에를 투영한다.

"무리 속에 있어도 마음은 딴 데 가 있지."

"남들과는 다른가 봐요."

"어떤 점이?"

"글쎄요."

"어릴 적 다른 애들과 어울리지 않았을지도. 아니면 아예 혼자였든가."

시간이 흘러 듀파엘과 좀 더 마음을 털어놓는 사이가 되었을 때, 둘은 물 잔 든 소녀에 대해 다시 한번 토론한다.

"물 잔을 들고 있는 소녀는 누군가를 생각하고 있을지도 몰라요."

"그림 속의 누군가를?"

"아니요. 다른 곳에서 우연히 마주친 마음이 끌린 어떤 남자요."

"그러니까 자네 말은 그림 속에 있는 누군가가 아닌 다른 곳에 있는 누군가를 상상하고 있단 말이지?"

아멜리에가 그 소녀에게 자신을 투영했던 것처럼, 나도 그 소녀에게 나 자신을 투영했다. 사람은 보통 자기가 생각하고 있는 것을 본다. 같은 그림을 보며 아멜리에는 당시 그녀가 사랑에 빠진 남자 니노를 떠올리며 자신에 대해 생각했고, 나는 몽상의 세계를 거닐고 있는 나에 대해 생각했다. 몸은 여기에 있지만 마음이 과거나 미래에 가 있을 때 우리는 무심코 한 곳에 시선을 고정한다. 그 모습을 본 사람들은 같은 공간에 있음에도 마치 이곳에 존재하지 않는 듯한 흐릿한 눈빛을 두고 모호하다고 말한다. 눈은 그 사람의 영혼이자 마음의 창이라서 굳이 입을 들썩이지 않고서도 무언가를 말해줄 수 있다. 현재에 머무르는 사람들은 눈빛으로 자신의 생각을 이야기한다. 그런데 반대로 움직임 없이 고정된, 빛이 꺼져버린 눈동자는 그 사람이 시간 여행을 하고 있음을 말해준다. 그는 지금 여기가 아닌, 과거에 했던 경험 속에 존재하거나 아직 경험하지 않은 미래에 가 있을 수도 있다. 나는 곧잘 시간 여행을 떠나기 때문에 물 잔 든 소녀의 모습을 금세 알아차렸다. 소녀가 나와 비슷한 세계에 살고 있음을.

소녀의 모호한 눈빛에 대해 아멜리에와 나의 해석 방식에는 차이가 있었지만, 공통점이 있다면 자기만의 방에 들어간 그녀의 세계를 특이하게 여기지 않았다는 것이다. 나는 소녀를, 혼자 있어서 음울해 보인다기보다 고독의 여유를 느끼고 있는 매력적인 몽상가 또는 혼자만의 고요를 즐길 줄 아는 낭만적인 사색가로 받아들였다.

사람들이 흔히 말하는 고독이란 어딘가 모르게 외롭고 쓸쓸한 뉘앙스를 풍기고 있지만, 내가 말하는 고독은 아멜리에의 삶처럼 매우 즐겁고 사랑스러운 솔리튜드*Solitude*(특히 즐거운 고독)다. 누군가와 함께 있어야 행복한 사람도 있지만 혼자 있을 때 행복한 사람도 있다. 아멜리에와 내가 그런 사람이다. 그리고 나는 생각했다. 당신도 고독, 사색, 침잠, 민감, 몽상과 같은 단어에 끌린다면 나와 같이 '아멜리에 감성'을 갖고 있는 사람일지도 모른다고.

언젠가 함께 파리에

생트샤펠 성당으로 입장하는 줄이 짧아지기를 기다리는 중이었다. 가을 햇살이 두 뺨을 부드럽게 감싸는 것을 느끼며, 나는 주변으로 시선을 던졌다. 계절의 절정을 맞이한 나무는 잘 구운 아몬드 색처럼 누르스름하게 색깔이 변해 있었고, 자신의 역할을 다한 나뭇잎은 떨어져 도로 위를 팔랑거리며 나뒹굴었다. 왼쪽으로 고개를 돌리니 카페 차양 위로 햇살이 부서져 내렸고, 햇살 조각이 스며든 테라스에는 라탄 의자에 앉아 여유롭게 아침 커피를 즐기고 있는 사람들이 보였다. 작고 도톰한 백색 커피잔을 자기 앞에 두고 신선한 아침 공기를 흠씬 들이마시는 사람들을 보며 나는 그 광경이 지극히 파리적인, 일상의 낭만이라고 생각했다.

파리에서 가장 사랑해 마지않는 카페 풍경을 실제로 보고 있으니 내가 정말 파리에 와 있다는 것이 더 선명하게 느껴졌다. 이번에는 오른쪽으로 비스듬히 고개를 돌렸다. 맑은 하늘이 눈에 비쳤고, 그 아래 어두운 철문을 감싸는 눈부시도록 화려한 금색 프레임이 보였다. '파리는 역시 금색을 좋아해'라는 생각이 스쳤을 때 줄이 앞으로 당겨졌다. 뒤를 돌아보니 어느새가 다시 새로운 사람들로 채워져 멀리까지 줄이 길게 늘어서 있었다. 시선을 거두려 할 때 바로 뒤에 서 있던 노부부와 눈이 마주쳤고, 나는 가볍게 고개를 숙이며 자연스럽게 몸에 밴 동양식 인사를 건넸다. 두런두런 대화를 나누던 노부부는 따스한 눈길로 나를 바라보며 입가에 인자한 미소를 띠었다.

오랜 기다림 끝에 입장한 생트샤펠 성당 안에는 묵직한 경건함이 흐르고 있었다. 줄을 기다리던 바깥에서의 소란은 사라지고 남은 것은 오직 침묵뿐이었다. 어둠이 짙게 깔린 공간에서 사람들의 시선은 모두 한곳을 향해 있었다. 햇살을 머금은 스테인드글라스. 사람들은 무언가에 홀리기라도 한 것처럼 고개를 들어 빛이 새어 나오는 지점을 바라보고 있었다. 뭐라 말로 표현할 수 없는 신비로운 분위기에 나는 그 즉시 압도당했다. 발바닥이 지면에 붙어 있기라도 한 것처럼 발을 뗄 수 없었다. 숭고한 힘이 느껴졌다. 그렇게 같은 자리에서 한참을 바라보았다. 넋을 잃은 사람처럼 입을 약간 벌린 채로. 그때 내 머리 위로, 내 삶의 그을음 위로, 눈부시도록 반짝이는 하얀 빛이 쏟아져 내렸다.

아무런 말도 할 수 없고 그저 경외감만이 남은 침묵의 공간에서, 생각나는 사람이 있었다. 가톨릭 신자인 엄마였다. 엄마와 함께 오지 못한 것이 아쉬웠다. 그리고 그 아쉬움은 그리움으로 번져갔다.

엄마의 삶을 지탱해준 것은 믿음이었다. 엄마의 얼굴에는 슬픔의 흔적이 무수히 기록되어 있다. 나로서는 결코 감당해내지 못할 것 같은 그녀의 희생적인 삶과 비탄에 젖은 생의 고통들을 엄마의 진한 미간 주름을 통해 자주 본다. 내가 바라본 그녀의 삶은, 십자가를 지고 아등바등 살아가고 있는 모습이다. 그러한 삶의 애수를 옆에서 지켜봐 온 나는, 엄마의 마음 어딘가에 있을 베일 속에 가려진 상처를 떠올릴 때마다 가슴이 아렸다.

하지만 그런 그녀를 견디게 하는 존재가 있어 다행이었다. 엄마는 신의 가호를 온 마음으로 믿었다. 엄마의 하루는 언제나 신의 축복에서 시작된다. 새벽에 일어나자마자 성경을 필사하고, 묵상하고, 기도하는 삶은 일상에서 밥을 먹는 것만큼이나 그녀에게는 자연스러운 일이었다.

생트샤펠 성당에 머무르는 동안, 엄마와 함께 오지 못했다는 사실에 괜스레 미안한 마음이 들었다. 스테인드글라스를 찍은 사진 몇 장을 엄마에게 전송하며 나는 이런 말을 남겼다. "엄마 너무 예쁘지. 언젠가 함께 파리에 오자. 엄마야말로 여기 꼭 와야 해." 그러나 아쉬운 마음은 쉬이 가시지 않았다. 먹색 침묵 안에서 일렁이는 크고 작은 촛불 위로 엄마의 얼굴

이 아른거렸다.

한 시간여를 침묵에 잠겨 있다가 성당 밖으로 나가려는데 작은 성물 코너가 눈에 들어왔다. 나는 엄마에 대한 그리움을 성물로 대체할 수 있다는 듯 작은 바구니에 선물을 담고 또 담았다. 언제 다시 이곳을 찾을지 모른다는 생각에 손이 더욱더 분주해졌다. 담고 보니 전부 비슷한 것들뿐이었지만 바구니의 무게는 가벼워질 줄 몰랐다. 은색 줄에 색깔만 약간 다른 묵주 몇 개와 성모 마리아 문양의 목걸이 펜던트, 큐빅이 잔뜩 박힌 팔찌, 은색 반지 몇 개, 그리고 예뻐 보이는 오브제 몇 개. 기념될 만하다고 여겨지는 것들을 모조리 구입했다. 값을 치른 성물을 넘겨받으니 그제서야 조금 마음이 편안해졌다. 엄마에 대한 미안함이 그리로 옮겨갔다는 듯이 말이다.

성당 밖을 나서니 침묵이 걷히고 다시 거리의 소음이 두 귀로 흘러 들어왔다. 어둠 속에서 이제 막 빠져나온 터라 햇살에 눈이 부셨다. 나는 손 그늘로 얼굴을 가리며 미간을 찌푸렸다. 손에 들린 선물 봉투를 바라보니 입가에 작은 미소가 번졌다.

방돔 광장에서 마주친 반 고흐 블루

도시를 침묵 속에 빠트린 우중충한 날씨에 나는 방돔 광장을 걷고 있었다. 거리는 이상하리만치 고요했으며, 알 수 없는 어떤 오묘한 분위기 속에 가라앉아 있는 듯한 모습이었다. 방돔 광장에 있는 건물들은 반듯한 단정함과 품위 있는 고상함으로 자리를 지키고 있었으며, 우뚝 솟은 터퀴스 블루*Turquoise Blue*의 오벨리스크는 광장 전체를 내려다보고 있었다.

그날은 광장에 있는 가게들의 휴무일이었는지 거리의 매장이 모두 닫혀 있었고, 베이지색 건물 외벽에 굳게 입을 다문 미드나이트블루*Midnight Blue*의 철문만이 위엄을 드러내고 있었다. 하지만 내가 그곳을 방문한 이유는 쇼핑을 위해서도, 뭔가 특별한 목적이 있어서도 아니었기에 매장 오픈 유무는 사실 별 의미가 없었다.

그런데 오벨리스크의 시선으로 광장의 모습을 바라보니 뭔가 특별한 뉘앙스가 느껴졌다. 나는 바로 핸드폰을 꺼내어 무언가에 홀리기라도 한 것처럼 미드나이트블루 철문을 피사

체로 담아냈다. 철문을 자세히 들여다보니 매력적인 블루 바탕에 골드가 포인트로 들어가 있었다. 철문의 프레임에도, 매장 브랜드 이름에도 곳곳에 금빛이 보였다. 건물의 분위기와 색상 조합이 너무나도 아름다웠다. 충격의 여운은 몇 분간 지속되었다. 나는 마치 미술관에서 예술 작품을 감상하기라도 하듯, 한동안 그 자리에 멈춰 서서 문 닫힌 철문을 바라보고 있었다.

나는 그때 빈센트 반 고흐*Vincent van Gogh, 1853~1890*의 그림 〈별이 빛나는 밤〉을 머릿속에 떠올리고 있었다. 한밤중에 빛나는 별의 오케스트라. 그것은 내가 방돔 광장의 건물을 통해 느낀 시적인 정취였다. 아니 정확히 말하자면 방돔 광장의 미드나이트블루 철문을 통해 나는 그림을 음미하고 있었다.

프랑스 남부 도시 생 레미의 밤하늘을 바라보며 반 고흐는 이런 감상을 남겼다.

> "이 강변에 앉을 때마다 목 밑까지 출렁이는 별빛의 흐름을 느껴. 나를 꿈꾸게 만든 것은 저 별빛이었을까?"

캔버스에서 별빛 터지는 소리가 들린다고 말했던 반 고흐는 자신의 영혼을 별이 총총한 밤하늘에 투영하며, 생의 고독과 영혼의 슬픔을 노래했다. 삶에 밤의 기운이 엄습하는 가운데에도 그는 별의 광채를 통해 희망을 찾으려 무던히 노력했다. 그러나 그의 삶은 좀처럼 뜻대로 움직여주지 않았고, 반 고흐의 계절은 블루로 번져갔다.

마음에 고독을 담고 살아가는 사람이라면, 혹은 삶에서 고독을 느껴본 사람이라면, 공감할 만한 특유의 분위기가 있다. 내가 생각하는 고독의 뉘앙스는 일상에서 반 고흐의 블루를 떠올리는 일이다. 방돔 광장에서 바라본 미드나이트블루가 그 일부다. 고독에도 여러 종류가 있다. 슬픈 고독, 즐거운 고독, 우아한 고독, 멋진 고독, 애잔한 고독 등 그날의 기분에

— 빈센트 반 고흐, 〈별이 빛나는 밤〉, 1889년, 캔버스에 유채, 73.7×92.1cm, 뉴욕 현대미술관 소장.

따라 고독도 선택할 수 있다. 그중에서 내가 가장 선호하는 고독의 분위기는 우주의 황야 속에서 환상적인 빛을 발견하는 순간과도 같은 즐거운 고독(솔리튜드)이다. 반 고흐가 어둠이 짙게 깔린 밤하늘에서 별빛을 통해 희망을 찾고 그것을 그림으로 옮겼던 것처럼 고독에서 예술을 발견하는 그 발상이, 나는 좋다.

나는 방돔 광장에서뿐만 아니라 파리를 걷다 마주치는 '반 고흐 블루*Van Gogh Blue*'를 종종 사진에 담곤 했다. 마르스 광장을 다녀오던 길에 발견한 폭스바겐 뉴 비틀과 살굿빛 발레 슈즈가 잔뜩 매달려 있는 펜할리곤스의 매장 간판, 마들렌 광장의 어느 카페, 파리의 모든 거리 표지판이 나의 시선과 발길을 사로잡았다. 내가 반 고흐 블루라 부르는 것들은 모두 희망찬 고독의 상징이었다. 그래서 나는 반 고흐 블루를 발견할 때마다 고독 속에서 빛나는 강렬한 희망을 느꼈다. 반 고흐가 밤하늘의 별빛을 바라보며 영혼을 위로했던 것과 같이.

시간이 흘러 파리가 아닌 일상에서 반 고흐 블루와 비슷한 색을 발견할 때면 나는 방돔 광장의 푸른빛 오벨리스크와 미드나이트블루 철문을 떠올린다. 그리고 〈별이 빛나는 밤〉을 떠올린다. 그러면 잠시나마 정신적 치유가 일어난다. 그의 예술적 혼과 교감을 이루는 것 같은 깊은 사색의 방으로 들어감과 동시에, 은밀하면서도 매력적인 내면의 세계가 펼쳐진다. 이 세계에는 모든 것을 집어삼킬 듯한 매서운 폭풍우 가운데에서도 결코 침몰하지 않고 항해하는 굳건한 배가 있다. 미지의 세계를 탐험하려는 의지가 있다.

시커먼 파도에 금방이라도 잡아 먹힐 것 같은 엄청난 두려움이 몰려오지만, 배는 항해를 멈추는 방법을 모른다. 왜냐하면 결국에는 파도가 잠잠해질 것을, 맑은 날이 도래할 것을 그리고 내가 원하는 곳으로 안전하게 도착할 것을 알고 있기 때문이다. 왔던 곳으로 되돌아가기에는 너무 멀리 왔다. 속도가 나지 않는 것 같지만 항해는 계속되고 있다. 그곳에는 희망찬 고독만이 있을 뿐이다.

빗속에 녹아드는 아름다운 침묵을

알렉상드르 3세 다리를 지나가고 있는데 천천히 비가 내리기 시작했다. 그러자 파리는 어느샌가 생기를 감추며 차분해졌고, 회색 비를 맞는 모든 것들이 고요해졌다. 그 모습은 마치 바쁜 일상 가운데 잠시 숨을 고르며 깊은 호흡과 함께 명상하는 사색가처럼 보이기도 했다. 파리의 거리에 휴식 시간이 찾아온 것이다. 도시의 색깔도, 소음도, 공기도, 감촉도 한결 부드러워졌다. 풀 내음을 머금은 비 냄새가 코끝을 스쳤다.

처음 알렉상드르 3세 다리 *Le Pont Alexandre III*(불어의 남성 명사✦에 해당)를 눈에 담았을 때, 순간적으로 몸이 경직되는 것을 느꼈다. 파리의 고독한 산책가를 자처하며 수많은 다리를 걷고 또 거닐었지만, 나를 얼어붙게 만든 것은 그가 처음이었다. 회색 벽 곳곳에 장식되어 있는 황금빛이 내 심장을 흔들기에 충

—✦ 불어의 명사는 남성형 또는 여성형으로 나뉜다. 명사의 성에 따라 관사와 같은 문장 요소나 의미가 달라지기도 한다.

분했고, 나는 고혹적인 그 자태에 매료될 수밖에 없었다. 게다가 비 오는 날이라면 더더욱.

회색 비에 가려져 차분하게 가라앉은 도시의 색깔 가운데 예외가 있다면 바로 알렉상드르 3세 다리일 것이다. 다리에 장식된 금색 오브제가 회색 도시와 대비를 이루며 보다 더 강렬하게 빛났다. 자세히 보면 그는 지점과 지점, 사람과 사람을 연결해주는 다리의 역할은 물론, 예술 작품의 역할도 함께하고 있었다. 빗속에서 화려하게 빛나는 기둥 위 금빛 페가수스는 회색 풍경 가운데 단연 돋보였다. 마치 공중에 떠 있기라도 한 것처럼. 문득 날개 달린 말의 비상이 어쩌면 초현실 세계에만 존재하는 것은 아닐지도 모른다는 생각이 스쳤다.

아르누보 양식의 조명이 매달린 다리 위를 걸으며 생각했다. 비 오는 파리와 맑은 날씨의 파리는, 아무래도 전혀 다른 성질을 지닌 것 같다고. 마치 두 개의 자아를 지닌 것처럼 날씨에 따라 이쪽 세계와 저쪽 세계를 번갈아 가며 모습을 바꾸는 매혹적인 도시. 때로는 고상하면서 세련되고, 부드럽고 유연하며, 때로는 쌀쌀맞으면서 고독하다. 어떤 이들은 파리라는 도시를 사랑에 비유하기도 하지만, 또 어떤 이들은 쓸쓸한 영혼에 비유하기도 한다. 나는 이 두 세계를 모두 경험했지만, 내 마음이 더 끌리는 곳은 쓸쓸한 영혼을 위한 도시 쪽이다. 이 세계는 비의 파리, 무심한 파리, 고독한 파리라고 정의 내릴 수 있을 것 같다. 또 나만의 표현으로는 저쪽 세계라고도 표현할 수 있을 것 같다. 다수의 사랑을 받는 쪽은 맑음의 파리이겠지만, 나의 경우 주목받지 못한 저쪽 세계, 회색의 파리에 좀 더 이끌린다.

비 오는 파리는 나를 차분하게 다듬어주지만, 그와 함께 우울감이라는 무거운 공기도 일상에서의 기준치를 초월할 만큼 강하게 불어넣는다. 그런데 아이러니하게도 심연의 고독을 불러내는 것이 이따금 즐겁게 느껴지기도 한다. 고독의 상념을 즐기는 것이다. 그러면 나의 내면은 인적 없는 호수가 되

— 구스타브 카유보트, 〈파리의 거리, 비 오는 날〉, 1877년, 캔버스에 유채, 212.1×276.2cm, 시카고 아트 인스티튜트 소장.

고, 고요와 사색을 즐기기에 아주 적합한 상태가 된다. 이곳에서는 들뜨지 않는 새벽의 기운이 느껴진다. 아무도 마시지 않은 청명한 공기를 들이마실 때마다 시원한 비의 입자가 나를 깨우는 것만 같다.

순정한 마음으로 바라본 비 오는 파리는 미술관의 모습을 하고 있었다. 굳이 루브르 박물관이나 오르세 미술관을 가지 않고도 19세기 파리의 인상주의 화가를 만날 수 있는 방법은 비 오는 파리의 거리를 걷는 것이다. 축축한 지면 위로 발걸음을 옮기니 나는 어느샌가 구스타브 카유보트*Gustave Caillebotte, 1848~1894*의 그림 〈파리의 거리, 비 오는 날〉에 들어와 있었다.

고풍스러운 파리 건물을 스치는 빗방울이 바닥으로 떨어지고 있다. 빗소리에 사람들의 대화 소리와 마차의 말굽 소리 그리고 해석되지 않는 다수의 세간 소리가 섞여 있다. 차분한 듯 소란스러운 거리에는 커다란 우산을 쓴 사람들이 보인다. 때때로 우산을 쓰지 않고 외투 옷깃을 세운 사람도 보인다. 격식 차린 사람들의 차림은 대부분 모노톤이며, 손에 들린 금색 손잡이에 진회색의 지붕을 얹은 우산도 어쩐지 모두 비슷해 보인다. 비의 파리와 회색 거리, 모노톤의 복장과 우산의 조화는 쓸쓸한 영혼이 겉으로 드러난 것처럼 조용하고, 차분하며, 고독하다. 도시의 표정에서 사람들의 이면이 읽히는 것 같다. 겉으로는 매우 화려해 보이지만 사람들은 저마다 자신의 뒷면에 내밀한 고독을 숨겨둔다. 나는 그 이면의 것에 끌렸다.

나와 비슷한 분위기를 풍기는 카유보트의 그림에서 눈길이 가는 대상이 있다면, 어깨를 잔뜩 웅크리고 우산 없이 걸어가는 왼쪽 중앙에 위치한 한 남자의 모습이다. 그의 존재는 자세히 들여다봐야 알아차릴 수 있을 정도로 미세하지만, 나는 아주 작은 그 존재를 통해 나를 보았다.

실제로 비 오는 파리에서 나는 단 한 번도 우산을 들고 있었던 적이 없었다. 또 당시 나는 분명 맑은 날임에도 불구하고 내 머리 위로만 거센 비가 쏟아지고 폭풍우가 휘몰아치는 것 같은 기분에 세상에 대한 반항심으로 가득 차 있었다. 나는 삶에서 비가 내리는 날을 곧잘 만났다. 감정의 날씨는 소나기였다가 폭우였다가를 반복할 뿐, 비 내리는 날이라는 사실만큼은 결코 바뀌지 않았다. '어쩌다 내가 이렇게 되었을까'라는 생각이 머릿속에서 되풀이되면서 자주 현기증이 났다.

화가의 의도와는 별개로 나는 그 남자에게 나를 투영하고 싶다. 사람들이 그 존재를 알아차리지 못해도 전혀 이상할 것 없을 만큼 작게 묘사되어 있는 소인의 모습이 꼭 나처럼 보였다. 세상이 무시하고 지나쳐도 이상하지 않을 미세했던 시절의 나를, 카유보트의 그림 속에서 발견한 것이다. 나를 제외한 모든 것들이 거대한 크기로 보였던 시절, 지나가는 사람들에게 짓밟혀 소리를 질러도 누구 하나 신경 써줄 것 같지 않던 무음의 세계. 나는 작품 속 크게 그려진 사람들보다 보일 듯 말 듯한 그의 모습에 자꾸 시선이 갔다. 크지 않고 아주 작아서. 우산을 쓰지 않고 잔뜩 웅크리고 있어서.

일상에서 어느 날 우연히 카유보트의 그림 〈파리의 거리, 비 오는 날〉을 보게 된다면 비에 젖은 알렉상드르 3세 다리를 떠올릴 것이다. 회색 비를 맞으며 서서히 번지는 황금빛의 빛무리를. 빗속에 녹아드는 아름다운 침묵을.

어린 파리지엔느

센 강변을 따라 걷고 있는데 귀여운 두 소녀의 모습이 보였다. 양 갈래로 머리를 땋은 금발 머리 소녀를, 갈색 머리 소녀가 사뭇 진지하게 카메라에 담고 있었다. 어린 파리지엔느는 센강을 배경으로 친구의 빛나는 순간을 기록하는 중이었

다. 그 모습은 보는 이로 하여금 절로 미소 짓게 만드는 일상의 작은 풍경이었다.

파리와 카메라, 길 위의 풍경은 프랑스의 휴머니스트 사진작가 윌리 로니스*Willy Ronis, 1910~2009*를 떠올리게 했다. 그의 사진에서는 내가 센강의 두 소녀에게서 느꼈던 것 같은 편안한 감정이 묻어난다. 따스한 온기가 느껴진다. 그는 도시의 화려함보다는 그 이면에 있는 것, 평범한 길 위에 있는 것을 추구했다. 나는 센강 산책에서 그가 셔터를 눌렀을 법한 파리의 순수한 민낯을 보고, 그가 사진 속에 담고자 했던 일상의 기적이 바로 이런 풍경이 아닐까 하고 생각했다.

그는 "아름다운 이미지란 가슴을 통해 만들어지는 기하학"이라고 말했다. 그의 눈에는 길거리에서 자기 키만 한 바게트를 들고 달리는 꼬마 파리지앵이나 백화점 진열창의 크리스마스 장식을 바라보는 어린아이와 엄마, 보주 광장에서 작은 피크닉을 즐기는 가족, 센강에서 키스를 나누는 연인, 지하철 안의 무심한 표정의 사람들, 규소폐증(광부, 석공 등이 많이 걸리는 폐병)을 앓고 있는 쓸쓸한 눈빛의 할아버지, 비스트로에서 춤추는 청년들, 노천카페에서 커피를 즐기는 사람들이 특별해 보였고, 이러한 장면들은 그의 가슴을 울렸다.

그가 사진에 담고자 했던 것은 누군가의 지극히 평범한 일상이었다. 그는 사람을 사랑했고, 사람이 등장하는 일상의 길과 동네를 사랑했다. 이야기와 감수성이 배제된 장면은 그가 추구하는 바가 아니었으며, 사람이 없는 건조한 풍경에는 그의 시선이 닿지 않았다.

로니스의 피사체가 되면 특별할 것 없는 평범한 일상도 영속의 매력을 지닌다. 그가 찍은 모든 사진 속에는 인물이나 작가의 스토리가 스며들어 있으며, 누군가의 삶의 기록이 남아 있다. 로니스는 말했다. 모든 기적이 평범한 일상으로부터 왔다고. 나는 생각했다. 그동안 얼마나 많은 일상을 소모했으며, 얼마나 많은 날들을 희생시켰는지. 나는 수십 년 동안 나의 일상이 보잘것없다 여기며 살아왔다. 하지만 생각의 방향을 조금 바꾸어보기로 했다. 내가 일상을 사랑할 때, 그리고 나의 일상 속에 끼어드는 수많은 사람들을 사랑으로 대할 때, 그것들이 후에 추억이라는 이름으로 나의 생을 따라다닐 거라고. 그렇게 생각하면 나의 하루가, 나의 매시간이, 나의 매 순간이 소중하지 않을 이유가 전혀 없었다.

단순한 일상 조각도 로니스의 눈으로 바라보면 특별해진다. 모든 것들이 풍부한 감정을 지닌 생명체처럼 느껴진다. 내가 셴강에서 그녀들을 마주쳤을 때만 해도 그렇다. 로니스를 알기 이전이었다면 두 소녀에게 시선을 주지 않고 오로지 나의 세계로만 빠져들었을 것이다. 나는 언제나 주변에 무심했고 온정이 부족했다. 그러나 그의 감각과 시선을 통해 아주 작게나마 일상 풍경에 애정을 갖게 되었고, 평범한 일상에서도 작은 기적을 발견할 수 있게 되었다.

자신만의 표정이 있을 것

식물을 사랑하던 나는 한때 아주 잠깐이었지만 플로리스트가 되고 싶었다. 파리에 머물러 있는 동안에도 그런 마음이 있었다. 식물을 동경했다. 식물을, 꽃을 공부하기 위해 파리에 오는 기분은 어떨까 생각해보았다. 실제로 그 무렵, 꽃 공부를 하러 한국에서 파리로 유학을 오는 사람들이 많이 있었다. 나도 그중에 한 명이 된다면 어떨지 상상하며 파리를 걸으니 꽃과 관련된 것들이 자주 보였다. 작은 꽃집, 꽃을 안은 여자와 꽃을 고르는 남자, 꽃을 바라보는 내 모습이. 파리에서 꽃을 보는 감각이 쌓일 때마다 꽃에도 프렌치 스타일이 있다는 사실을 차츰 알게 되었다.

파리에 오기 전까지 나에게 꽃이란 기념할 만한 날에 남이 나를 위해 선물하는, 일상과는 거리가 먼 식물이었다. 꽃 하면 장미꽃과 안개꽃이 생각났고, 둘의 조합이 꽃다발의 정석이라 믿었다. 스치듯 마주치는 파리의 꽃들을 바라보고 있으니 문득 이런 생각이 들었다. '내가 마지막으로 꽃을 받았던

게 언제지?' 시간을 한참이나 거슬러 올라가야 했다. 그렇게 십 년도 더 된 기억 속에서 가까스로 사진 한 장을 떠올렸다. 태슬이 대롱대롱 매달린 학사모를 쓴 채 맑게 웃어 보이는 내 품에는 노란 프리지어 한 다발이 들려 있었다. 그리고 꽃은 까만 졸업 가운과 대비되어 실제보다 훨씬 더 생생히 빛나 보였다. 이것이 내가 꽃과 함께한 마지막 기억이었다. 그 후로 내 인생에 꽃이 존재하지 않았다는 건, 나에게 기념할 만한 인상적인 일이 존재하지 않았다는 뜻이기도 했다. 이런 결론에 이르자, 내 인생이 조금 초라하게 느껴졌다. 그때까지만 해도 나에게 꽃의 존재란 일상 너머의 것이었으니까.

그런데 파리에서는 달랐다. 파리를 사랑하는 누군가가 내게 이렇게 말한 적이 있다. "여기 사람들은 특별한 날이 아니더라도 꽃을 사서 집 안 곳곳에 장식하거나 선물해요." 나는 마레 지구의 어느 뒷골목에서 그 말을 떠올렸다. 주홍빛 석양이 반쯤 차오른 늦은 오후, 개를 데리고 선 은빛 머리 노인이 편안한 차림으로 꽃을 고르고, 향기를 맡고, 싱그러운 표정을 짓고 있었다. 나는 곁에서 그를 바라보며 생각했다. '오늘 그의 식탁이 한결 화사해지겠구나…….' 나는 파리의 거리에서 이런 장면들을 종종 발견했다. 사람들은 색색의 꽃다발을 품에 안고 나를 스쳐 지나갔다.

파리의 꽃다발에는 수십 개의 표정이 있었다. 꽃들은 짜

맞춘 것처럼 똑같은 생김새가 아닌 각자의 개성과 철학과 스타일을 만면에 드리운 싱싱한 얼굴을 하고 있었다. 언뜻 보면 막 자다 깬 산발한 여인의 머리 같기도 했고, 들판에 흐드러진 꽃 무리를 한 움큼 끊어놓은 것 같기도 했다. 그러니까 프렌치 스타일 꽃다발에는 있는 그대로의 자연을 옮겨다 놓은, 작위적이지 않은 자연스러운 아름다움이 있었다. 이름 모를 꽃과 풀이 서로 얼굴을 맞대고, 함께 뒤엉키며, 자신만의 세계에서 또 다른 세계를 창조해냈다. 또 하나의 작은 정원 같았다. 파리에서 이런 꽃다발을 본 순간, 비슷한 종류의 꽃을 한데 묶어야 아름답다고 생각했던 지난날의 편견이 와르르 무너져 내렸다.

작은 정원과도 같은 그 꽃다발에서 수선화는, 튤립은, 라넌큘러스는, 리시안셔스는, 아스트란티아는, 레몬트리는, 보리사초는, 아이비 덩굴은, 강아지풀은, 유칼립투스는 따로 있는 듯 함께 있었다. 각자 있을 때는 결코 어울릴 것 같지 않던 식물이 하나둘 모이자 그 어디서도 볼 수 없었던 새로운 감각의 꽃다발이 탄생한 것이다. 매뉴얼대로 만들어진 개성 없는 꽃 덩어리가 아닌, 식물 하나하나의 스타일이 그대로 살아 있으면서 창의적인 발상이 가미된 다채로운 세계였다.

그중에서도 내 시선을 사로잡은 건 더듬이처럼 불쑥 튀어

나온 회녹색의 유칼립투스였다(속명인 'Eucalyptus'는 '아름답다'와 '덮인다'는 뜻의 그리스어 합성어로 꽃의 모양에서 유래되었다). 밋밋한 외모와 달리 톡 쏘는 듯 맵싸한 향기를 뿜어내는 그 식물에는 분명 끌리는 무언가가 있었다. 내가 만약 유칼립투스로 살아간다면 어떤 기분일까? 그저 그런 초록 식물에 지나지 않는다며 울상을 지을까, 아니면 다른 꽃들과 어우러질 것을 생각하며 즐거워할까? 내가 유칼립투스의 개성에 주목한 건 파리를 통해서였다. 사실 나는 이 초록 식물이 단독으로 있을 때는 그다지 큰 매력을 느끼지 못했다. 그런데 화려한 꽃들 속에 유칼립투스가 하나둘 더해지는 순간, 자기 매력뿐 아니라 다른 꽃들의 매력까지도 함께 증폭시키는 것을 보며 감탄했다. 장미와 함께일 때의 표정이 달랐고, 리시안셔스와 함께일 때의 표정이 달랐다. '비범한 평범함' 같은 매력이 있었다. 유칼립투스는 싱싱한 꽃들 사이로 빼꼼 고개를 내밀며 꽃의 아름다움을 더해주면서도 자신의 개성 또한 결코 잃지 않았다. 나는 나대로 아름답고, 그는 그대로, 그녀는 그녀대로 아름다울 수 있도록.

그들이 사람의 언어를 구사할 수 있다면 이런 말을 할 것만 같다. 자신만의 표정이 있을 것, 당당할 것 그리고 자유로울 것. 이것이 파리의 식물이 내게 알려준 삶의 철학이었다.

한없이 따뜻한 센강의 블루

샤틀레역에서 내려 사자 얼굴을 한 분수를 지나 내가 파리에 왔다는 걸 온몸으로 느끼던 순간이 있었다. 난간에 두 팔을 기댄 채 새파란 강물을 바라보던 그 순간. 영원히 놓치고 싶지 않은, 할 수만 있다면 내 기억 속 어딘가에 각인해두고 싶은 멋진 광경이 눈앞에 펼쳐지고 있었다. 말로만 듣던 센강이 내 갈색 눈동자에 비추었을 때, 나는 기쁨에 겨워 작은 탄성을 질렀다. 기쁨을 누군가와 함께 만끽하고 싶어 선명하게 찍힌 센강의 얼굴을 아버지에게 보냈다.

시원한 바람이 머리칼을 흩날렸고 나는 스치는 바람에 기분이 좋아 그 자리에 오래도록 머물렀다. 차갑지만 차갑지 않은 파랑, 이를테면 가장 따뜻한 블루였다. 파란 강물 위로 관광객을 한가득 실은 바토무슈 한 대가 지나갔다. 우리는 이전에 알고 지냈던 사람처럼 서로 반갑게 손을 흔들었다. 강물이 그렇게 하도록 시킨 것만 같았다. 수줍어하며 낯을 가리는 나도 손을 흔들게 하는 따스함이 느껴졌다. 파리 여행의 첫 시작, 왠지 좋은 일이 생길 것만 같은 느낌이 들었다.

센강 주변에는 과거의 시간을 기억하는 옛 건물들이 베이지색으로 일정한 톤을 맞추어 늘어서 있었다. 어느 것 하나 튀지 않고 하나의 원 안에 들어와 있는 듯했다. 이 건물에 어울리는 형용사는 모두 하나같이 기품 있는 단어였다. 고풍스러운, 고상한, 우아한, 지적인, 세련된…… 이런 표현들이 파란 강물 위로 쏟아져 내리는 것만 같았다. 그러자 초상화 하나가 머릿속에 떠올랐다. 어디선가 본 기억은 있지만 초상화 속 주인공이 누구인지, 어느 시대 사람인지, 어느 나라 사람인지와 같은 구체적인 정보는 없었다. 그저 청아한 청색 새틴 드레스를 입고 우아한 자세로 다소곳이 앉아 있는 한 여인의 모습만이 떠오를 뿐이었다. 그녀의 양쪽 귓불에는 밝게 빛나는 블루 사파이어 귀걸이가 달려 있었다. 나는 그 여인이 센강의 얼굴과 닮았다고 생각했다.

그녀는 무표정한 얼굴을 하고 있었다. 하지만 그 무표정에는 수많은 감정이 내포된 듯 보였다. 사랑, 기쁨, 자비, 축복, 평온, 슬픔, 분노, 화, 고통, 걱정, 불안 등 인간으로 태어나서 겪을 수 있는 감정들이 뒤엉켜 있었다. 그녀는 수많은 감정들을 내치지 않고 기꺼이 끌어안는 초연한 관찰자처럼 보이기도 했다.

파리에 머무는 동안 센강은 고요히 흐르며 나를 바라보았다. 심지어 나의 시선이 다른 곳을 향할 때조차도. 보이지 않는 곳에서 자식을 위해 기도하는 어머니의 마음처럼 센강은 언제나 나를 따라다녔다. 그리고 나의 모든 감정을 품어주었다.

고요히 흐르는 강물을 바라보고 있으니 문득 헤르만 헤세의 소설 《싯다르타》의 마지막 장면이 떠올랐다. 초월한 의식 상태를 염원하던 승려가 강물을 바라보며 마침내 깨달음을 얻었던 그 장면! 나는 잠시 헤세가 되어 '센강의 언어'로 그 장면을 재해석해보기로 했다.

> 모든 감정을 경험하고 받아들이는 것이 인생이야. 그대들의 영혼은 인간의 감정을 경험하기 위해 이 세상에 내려왔지. 그대들이 겪는 모든 감정은 곧 나이기도 해. 사람들이 보기에는 내가 항상 같은 자리에 머무르고 있는 것처럼 보이지만, 사실 나는 계속해서 흐르고, 변화하고 있어. 멈춰 있는 것처럼 보이지만 실은 계속해서 움직이고 있는 거야. 흐르고 흘러 바다로 가고, 다시 증발되어 하늘로 그리고 또다시 강으로 내려와 파리를 만나는 거지. 모든 것은 계속해서 모습을 바꾸며 순환하고 있어.
> 감정도 마찬가지야. 하나의 감정이 지속되는 사람은 없어. 기쁘고, 슬프고, 행복하고, 분노하고, 또 때로는 고독하지. 이 감정에서 저 감정으로 흐르면서 삶을 경험하며

살아가는 거야. 감정은 돌고 돌아 결국은 '하나의 원'을 이루는데, 사람들은 하나의 감정이 계속될 거라는 착각을 하는지 그것을 계속해서 붙잡고 있으려 해. 감정은 붙잡고 있는 게 아니라 내가 매일같이 흐르는 것처럼 흘려보내는 거야. 이런 모든 감정들은 그저 인간의 육체를 통로처럼 활용할 뿐이지. 모든 감정들이 흐르는 것을 그저 바라볼 때 그리고 그것을 온전히 허용하고 받아들일 때, 결국 하나의 감정으로 통합된다는 것을 알아야 해.

그 하나의 감정은 바로 사랑이야. 결국 우리의 영혼이 이 세상에 온 이유는 서로 사랑하기 위해서 온 것이지. 그걸 깨닫기 위해 여러 감정들을 경험하게 되는 것이고. 사랑은 모든 감정을 이해할 수 있을 때 온전히 느낄 수 있는 것이거든. 하나의 감정만으론 결코 헤아릴 수 없는 영역이지. 슬픔이라는 반대의 감정이 없이 오로지 기쁨만 존재한다면 진정한 기쁨의 의미를 상실해버리고 말 거야. 슬픔이 있어서 기쁨이 빛을 발하는 거야. 감정뿐만이 아니라 이 세상에 존재하는 모든 것들이 서로 반대되는 성질끼리 짝을 이루며 살아가지. 그러면서 조화를 이루는 것이거든. 결국 모든 것들이 사랑을 실현하기 위해 피어나고 지기를 반복하고 있어.

나에게도 영혼이 있어. 그리고 내가 그대들의 영혼이기도

하지. 나는 나를 찾는 전 세계의 수많은 사람들을 바라보며 여러 감정들을 습득하고 배웠어. 그리고 나는 생각하지. 이 사람들이 사랑의 감정을 실현하고 있구나. 빛나는 순간들을 기록하고 있구나. 하지만 슬픔의 감정만을 부둥켜안고 있는 사람들은 사랑의 실체를 알아차리지 못해 무척이나 힘들어하지. 하지만 먼 미래에 결국 알게 돼. 그것이 사랑에 도달하기 위한 작디작은 순간이었음을.

나는 센강이 파리를 품는 어머니와 같다고 생각했다. 자신을 바라봐주든 바라봐주지 않든 간에 언제나 자식 곁에서 맴도는 어머니, 어머니, 어머니.

한국에 돌아온 후 나는 센강을 보며 떠올렸던 파란 드레스의 여인을 찾았다. 그녀의 이름은 드브로이. 1853년에 프랑스 화가 장 오귀스트 도미니크 앵그르*Jean Auguste Dominique Ingres, 1780~1867*가 그린 초상화의 주인공이었다. 하지만 상상했던 것과 달리 그녀의 귀에 블루 사파이어가 달려 있지는 않았다. 그 대신 그녀는 금과 진주 장신구를 하고 있었다. 목에는 고대 로마의 펜던트 '불라*bulla*'가 매달려 있고, 오른팔에는 금팔찌가, 왼손에는 금반지가 있었다. 그러한 금장식은 파리의 색깔을 떠올리게 했다. 내가 생각하는 파리의 색깔 한가운데에는 언

— 장 오귀스트 도미니크 앵그르, 〈프린세스 드브로이의 초상〉, 1853년, 캔버스에 유채, 121.3×90.8cm, 뉴욕 메트로폴리탄 박물관 소장.

제나 황금빛이 존재했다. 그리고 그 빛은 내 짙은 밤색 눈동자에 지워지지 않는 황금빛 띠를 그려놓았다. 파리를 잊지 않도록. 파리를 영원히 기억해내도록.

파리 제2의 감각

Aesthetic Sense of Paris

청각

내 귀에 울려 퍼진 파리의 음성

파리에 두 귀를 내어주는 건,
파리의 낭만을 허용하는 일이다.

메닐몽탕 거리에 울려 퍼진 새벽의 종소리

나는 파리 20구에 있는 메닐몽탕*Ménilmontant*의 한 건물 2층 테라스에서 사색하는 파리를 바라보고 있었다. 이른 새벽 아침의 공기가 내 안을 가득 채우는 듯했다. 깊게 숨을 들이마시니 정신이 한층 맑아졌다.

파리에 도착한 첫날, 몹시 피곤했는지 이른 저녁부터 깊은 잠에 빠져들었다. 눈을 떴을 때 나는 한국에서의 모습 그대로 아직 화장도 지우지 않은 상태였다. 시계는 새벽 4시를 가리키고 있었다. 거울을 들여다보며 화장을 지우고 있는데 내가 지금 파리에 있다는 사실이 어쩐지 비현실적으로 느껴졌다. 몇 분인가를 그렇게 멍하니 거울 속의 나를 응시한 채로 있었다. 바깥 세상은 아직 어둠이 짙게 깔려 있어 모든 것이 고요하고 잠잠했다. 남들보다 일찍 눈을 뜬 그때, 나는 파리의 침잠과 고독의 세계에 속해 있었다.

메닐몽탕에서의 파리 생활을 위해 트렁크에 있는 옷들을 침실 옷장에 걸기 시작했다. 비어 있던 옷장이 가득 채워지자 정말 이곳에서의 생활이 시작되었구나 하는 생각이 들었다. 서서히 파리 무드로 물들어가는 느낌이었다. 짐을 정리하고 샤워까지 마치고 나니 파리의 아침이 아스라이 눈을 뜨기 시작했다. 완전한 어둠 사이로 태양이 모습을 드러내자 사람들이 조금씩 거리로 나와 움직이는 것이 보였다. 이렇게 새벽이 떠나는 것이 못내 아쉬워 진한 홍차 한 잔을 우려 테라스로 나왔다. 때는 새벽이 끝나기 직전, 아침이 열리기 직전이었다. 그러니까 새벽과 아침 사이쯤이었다.

어깨에 담요를 걸치고 따뜻한 홍차를 두 손으로 감싸 쥐었다. 코로는 차가운 공기를 들이마시고, 입으로는 따스한 홍차를 맛보니 내가 파리에 있다는 사실이 더 선명하게 다가왔다. 어제와는 다른 공간에서 다른 공기를 마시면서 나는 새로운 분위기를 받아들일 준비를 했다. 테라스에서 바라보는 고풍스러운 아파트와 자동차, 가게들이 날것의 파리를 느끼게 했다. 관광객이 아닌 현지인으로서 파리를 느끼고 싶어서 일반 호텔 대신 메닐몽탕의 한 가정집을 숙소로 잡았는데, 호텔이 아니라서 그런지 관광객이 아닌 생활인으로서의 감각이 생기는 것만 같았다.

분위기가 바뀌니 미명의 파리에 어울릴 만한 음악이 듣고 싶어졌다. 그러자 갑자기 지금 이 순간과 잘 어울리는 노래 하나가 떠올랐다. 그 계절의 내가 무수히 반복해서 들었던 노래,

바로 샤를로트 갱스부르*Charlotte Gainsbourg*의 '5:55'였다. 몽환적인 그녀의 목소리가 어슴푸레한 파리의 새벽과 잘 어울렸다. 그렇게 나는 그녀와 태양의 기상을 기다렸다.

동네를 조금 산책해보기로 했다. 때는 새벽에서 아침으로 바뀌어 있었고, 공기의 빛깔도 서서히 변해가고 있었다. 거리에 나선 순간, 성당의 종소리가 울려 퍼졌다. 근엄하면서도 묵직하게 울리는 종소리와 함께 파리의 아침 산책이 시작되었다.

길을 따라 걸으니 메닐몽탕의 아침을 수천 번 맞이했을 것 같은 아주 오래된 상점들이 쭉 늘어선 풍경이 보였다. 가게들이 전반적으로 많이 낡고, 협소했으며, 푸근한 냄새가 났다. 그 모습이 한편으로는 매우 피로해 보였고, 한편으로는 인생에 대해 좀 아는 사람처럼 노련해 보였다. 길의 끝에 다다르니 교차로가 나왔다. 그곳에는 평범한 카페가 있었고, 카페 대각선 방향으로 지하철역이 보였다. 횡단보도를 건너자 과일가게가 나왔다. 연두색 플래카드를 내건 가게 앞에는 지나가는 사람들의 시각과 미각을 자극하는 형형색색의 과일들이 보기 좋게 진열되어 있었다. 보는 것만으로도 새콤달콤한 맛이 입안 가득 채워지는 듯한 느낌이었다.

과일가게를 지나 익숙한 상표의 햄버거 가게와 아직 문을 열지 않은 몇몇 가게들을 거쳐 동네 마트에 도착했다. 나의 파리 생활을 책임질 식량을 장바구니에 빠르게 담았다. 처음 보는 것에 신이 났는지 자제력을 잃고 너무 많은 물건들을 구매해버렸다. 양손 가득 무거운 짐을 드는 바람에 우아한 산책은 거기서 마칠 수밖에 없었다.

내가 체류했던 곳은 파리의 중심지가 아니었다. 파리 20구에 위치한 메닐몽탕은 관광객이라면 잘 선택하지 않는 외곽 지역이다. 숙소를 선택하는 과정에서 파리 20구는 치안이 좋지 않다며 우려를 표하는 지인들이 많았다. 하지만 이런 걱정에도 불구하고, 나는 20구를 선택했다. 이렇다 할 뚜렷한 이유가 있었던 건 아니지만 굳이 이유를 하나 꼽자면, 사람이 붐비는 곳을 피하고 싶었다.

선택은 탁월했다. 위험할지 모른다는 우려와는 달리 내가 머물렀던 메닐몽탕의 아파트는 안전하고 평화로웠다. 관광지에서는 다소 멀리 떨어져 있었지만, 소박한 파리 사람들의 삶과 일상 안으로 뛰어든 것 같아 기분이 좋았다. 그때의 나는 관광객이 아니라 그곳에 오래 산 메닐몽탕 동네 주민의 감각으로 머물러 있었다.

눈을 맞추며 건네는 작은 인사

그날은 모처럼 서두르지 않는 아침이었다. 무언가에 쫓기는 듯한 분주함도 없었고, 삶을 살아내야 한다는 압박감도 없었다. 느긋하게 나를 기다려주는 귀한 날이, 그날 아침 내게 주어졌다.

그 계절의 나는 내가 만든 현실이 마음에 들지 않아서 의식적으로 또는 무의식적으로 나를 향한 불만을 자주 토해냈다. 삶을 숙제하듯 살았다. 내가 삶을 살고 있다기보다 삶이 나를 살아가는 것 같은 아주 이질적인 감각 속에서 유쾌하지 않은 일상을 그저 흘려보낼 뿐이었다. 내가 두 다리로 단단히 서서 지면을 제대로 느낀 적이 과연 언제였던가? 그렇게 일상을 바쁘게 살다가 정신을 차려보니 나는 아무도 없는 거친 땅에 홀로 떨어져 있었다. 나는 방치되었다. 아니, 내가 나를 방치했다. 그때 머릿속이 부연 연기로 가득 차오르면서 눈앞에 보이는 모든 사물의 경계선이 흐릿하게 보였다. 온통 회색빛으로 둘러싸인 일상에서 가장 힘들었던 건, 내가 나를 이해할 수 없다는 음울한 생각이었다.

나로 살아가는 기쁨을 느낄 수 없는 아침이란 참으로 냉혹한 것이다. 매일 아침 나는 상쾌하지 않은 기상과 함께 무거운 몸을 이끌고, 살기 위해 무언가를 먹었다. 유일하게 나를 의식할 수 있는 시간은 커피를 음미할 때뿐이었다. 그런데 커피를 너무 마신 탓에 나중에는 그마저도 또 다른 고통으로 변했다. 커피를 마실 때마다 수천 개의 바늘이 위를 찔러대는 것처럼 쓰라리고 더부룩했다. 커피 한잔도 내 몸의 눈치를 보면서 마셔야 했다.

커피를 줄이고 식이요법을 하면서 위염 증상이 어느 정도 완화되었을 무렵, 이번에는 알 수 없는 피부병이 나를 덮쳤다. 처음에는 팔다리가 약간 가려운 정도였으나 시간이 지날수록 가려운 부위가 온몸으로 확장되었다. 얼굴을 제외한 모든 부위가 염증으로 뒤덮였다. 누가 봐도 눈살을 찌푸릴 만큼 확연히 눈에 띄는 상흔이 몸에 가득했다. 피부과 여러 곳을 찾아가 상담을 받았으나 어떤 의사도 명쾌한 답을 들려주지 못했다. 이유를 알 수 없다는 것이었다. 피부 상태가 날로 악화되는 와중에 마지막으로 찾아간 의사에게서 색다른 대답을 듣게 되었다.

"스트레스받아서 그런 거예요. 무슨 일해요?"

"아, 번역 일을 하고 있어요."

"그래요. 평소에 스트레스를 많이 받나요? 이건 스트레스 안 받으면 낫는 병이에요. 병원에 자주 나와요. 경과 보면서 치료해 나가자고요."

의사 선생님은 무심하고 시크했으며, 어딘가 차가운 면이 있었다. 여기가 피부과인가 정신과인가 순간 혼란을 겪던 도중에 나는 선생님의 왼손에서 의수를 발견했다. 무언가 사연 있는 손이었다. 같은 자리에서 20년 넘게 개인 병원을 운영하고 있는 냉랭한 표정을 한 초로의 남자. 그에게 과연 무슨 일이 있었던 걸까? 나는 그 순간, 사람들은 모두 저마다의 상처와 사연을 자신만의 비밀의 방에 저장하며 살아가고 있다는 생각이 들었다. 정신적 고통과 마음의 통증이 피부로 발현된 사람을 알아보는 것은 어쩌면, 상처의 날들을 살아본 사람만이 내릴 수 있는 처방이 아니었을까? 나는 그 선생님과 마음이 묘하게 통하는 것 같은 느낌을 받았다.

삶에는 말하지 않아도 느껴지는 것들이 있다. 그중 하나가 마음의 상흔일 것이다. 몸과 마음의 통증은 스트레스라는 현대적인 이름을 달고 종종 우리 앞에 모습을 드러내지만 때로는 그것을 잘 알아차리지 못한다. 내가 고통 속에서 아파하고 있다는 것을, 내가 나를 방치하고 있다는 것을, 내가 나를 사랑하지 않고 있다는 것을. 나는 어쩌면 젊은 날의 대부분을 애정 결핍의 상태로 살았는지도 모른다. 나조차도 나를 아껴주지 않고, 인정하지 않으니 삶은 내게 어떤 즐거움도 주지 못했다.

하지만 파리에서 맞이한 그날 아침만큼은 달랐다. 촉촉하고 윤기 나는 광휘의 아침. 발코니를 타고 흐르는 신선한 공기와 함께 거실에서는 느른한 재즈가 흐르고 있고, 노란색 머그잔에 담긴 홍차는 따끈한 김을 뿜어내고 있었다. 홍차의 온기가 내 안에 들어왔을 때 잠시나마 나는, 생에 대한 의지를 느꼈다. 작은 행복이 온몸으로 퍼지자 아주 오랜만에 나의 의식이 현실로 돌아온 것만 같았다. 항상 안개로 자욱했던 회색 도시에 어디선가 빛 한줄기가 떨어져서 모든 것이 선명해진 느낌이었다. 창밖을 바라보니 도로 위로는 빨간색 자동차가 지나가고, 카페에서 새어 나온 피아노 선율이 거리를 채우고, 사람들이 복작대는 도시 소음이 일상의 배경음으로 흐르고 있었다. 어디선가 풍겨오는 고소한 빵 냄새와 우아한 커피 향이 잠들어 있던 감각을 깨웠다. 그러자 행복의 스위치가 켜지기라도 한 것처럼 나의 아침이 사랑스럽게 느껴졌다. 익숙하지 않은 감정에 잠시 혼란스러웠지만, 나는 그 감정에 기꺼이 편승하여 식빵을 굽고, 계란을 굽고, 소시지를 구웠다. 잘 구워진 음식을 플레이트에 가지런히 담고, 비어 있는 공간에 작고 귀여운 방울토마토도 몇 개 더했다.

나는 그때, 어떤 특별한 기운에 의해 어둠의 끄트머리에서 어슴푸레한 빛의 세계로 서서히 걸어 나오는 듯한 기분이 들었다. 그저 장소 하나 달라졌을 뿐인데 생각이 이토록 선명해질 줄이야. 머릿속의 안개가 점차 걷히면서 싱그러운 아침 이슬이 그 자리를 대신했다. 물기 머금은 푸른 잎처럼 신선하고 생기 가득한 아침이었다.

오래간만에 느껴보는 감정에 나는 들떠 있었다. 밖에 나갈 채비를 하기 위해 거울을 들여다보니 처음 파리에 도착했을 때 경직되어 있던 표정과는 다른 부드러운 미소가 얼굴에 스며 있었다. 눈에 보이는 모든 것들이 마음에 들었다. 거울에 비치는 내 모습까지도. 그날따라 나는 무척 기분이 좋아서 숙소 1층 거울 앞에서도 사진을 찍느라 한참을 서 있었다. 오랜만에 맑게 갠 내 모습을 계속해서 보고 싶었던 것일까. 고개를 왼쪽으로 꺾었다 오른쪽으로 꺾고, 또 멀건 표정을 지어 보였다가 엷은 미소를 지어 보이기도 하며 다양한 내 모습을 담았다. 그런데 그때, 어디선가 굵직한 음성이 들려왔다. 그냥 지나가는 사람의 목소리인가 싶어 무심히 지나치려는데, 다시 한 번 육중한 목소리가 나의 청각을 자극했다. 이번에도 별다른 주의를 기울이지 않고 혼자만의 시간에 몰두하려던 그 순간,

몸집이 큰 중년 남성이 거울 속에 비친 내 눈을 보며 이렇게 외쳤다.

"봉주르!*Bonjour*"

다소 채근하는 듯한 말투였다. 그 묵직한 음성은 알고 보니 아파트 관리인 아저씨가 내게 보내는 아침 인사였다. 의도치 않게 그의 인사를 무시하고 사진 찍기 바빴다는 걸 깨닫고 머쓱해졌다. '아, 그러고 보니 여기는 파리지.' 이곳은 낯선 사람과도 눈인사와 미소를 주고받는 파리였다. 평소에 낯선 사람에게는 인사를 잘 건네지 않았던 나는, 조심스럽게 입을 달싹거리며 말했다.

"아…… 안녕……, 아니 봉주르!"

내 목소리를 들은 아저씨는 그제서야 안심이 된다는 듯 옅은 미소를 지어 보이며 사라졌다. 인사를 나눌 당시에는 수줍음에 고개를 떨구었지만, 현관 유리문을 열고 나서는 순간 새로운 사실을 깨달았다. 누군가와 눈을 맞추며 건네는 작은 인사가 그날 아침의 활력이 될 수도 있구나.

누군가와 눈빛을 교환할 수 있다는 건, 세상을 외면하지 않는다는 뜻이다. 부드러운 봄 햇살을 손 그늘로 가리지 않고 있는 그대로 따스하게 느끼는 것처럼 말이다.

오페라 하우스와 인생의 아라베스크

회사에서 일을 하던 시절의 이야기다. 권태로운 어느 수요일 오후 6시, 광막한 사무실에 팀장님의 말이 울려 퍼졌다. "자, 오늘 치맥으로 회식 어떤가? 번개니까 내가 쏘지. 약속 있는 사람들은 어쩔 수 없지만." 말이 떨어지기가 무섭게 동료들은 서로 눈빛을 주고받으며 회식 참석 여부를 논의하고 있었다. 짧은 순간이었지만 사람들은 아주 빠르게 결정을 내린 듯 보였다. 팀장님의 다음 말이 이어졌다. "혹시 오늘 안 되는 사람 있나?" 그 많은 사람들 가운데 회식에 참여할 수 없는 사람은 오직 하나, 나뿐이었다.

수십 개의 눈빛이 내게 쏟아졌다. 그들은 참석할 수 없는 이유를 눈으로 물었다. 나는 말했다. "정식 회식이라면 제가 당연히 참석을 하겠지만, 오늘은 퇴근 후에 중요한 약속이 있어서요." 어떤 약속인지를 묻는 질문이 이어졌다. 이번에는 눈빛이 아닌 말로 질문을 던졌다. "저와의 약속이요. 오늘 발레 수업이 있는 날이거든요. 저도 치맥을 굉장히 좋아합니다만,

오늘은 참석하지 못할 것 같습니다." 이런 나의 대답에 다들 놀라는 눈치였다. 무슨 기이한 광경을 발견하기라도 한 것처럼 나를 바라보는 사람들의 눈빛에는 호기심이 묻어났다. 아무래도 내 정신세계가 궁금했던 모양이다. 그렇게 퇴근 후 사람들은 치맥을 하러 갔고, 나는 발레를 하러 갔다.

발레를 치맥과 바꿀 수는 없었다. 내가 다녔던 학원은 다른 발레 학원과는 조금 분위기가 달랐는데, 취미 발레라고는 하지만 함께 수업을 듣는 사람들이 매우 감탄할 만한 수준의 실력을 갖추고 있었다. 수업을 할 때마다 발레단의 소규모 공연을 보는 기분마저 들었다. 웅장한 정통 발레곡을 사용할 때면 그 감동이 배가 되었다. 그럴 때마다 나의 가슴은 요동쳤고 거대한 전율이 나를 휘감았다. 일상에서 이런 감각적인 경험을 할 수 있는 기회란 사실 많지 않다. 그러니 평생 한 번 마주할까 말까 하는 그 느낌을, 놓치고 싶지 않았던 것이다.

수업 시간은 평일 저녁 7시 30분. 퇴근 후 발레 수업을 하기 전 남는 시간에는 학원 근처에서 밥을 먹거나 카페에서 책을 읽으며 발레의 낭만을 기다렸다. 나는 이 대기 시간이 너무 좋았다. 수업 전 설레는 마음은 사랑하는 연인을 기다리는 마음과도 닮아 있었다. 저녁 7시가 되면 레오타드(발레복)로 갈아입고 스트레칭을 시작한다. 전면이 거울인 텅 빈 공간에 부드러운 발레 음악이 흐르면, 나는 음악 속으로 들어가 스트레칭

바를 잡는다. 가슴을 활짝 펴고 허리를 꼿꼿이 세우며 한 마리의 백조를 상상해보지만, 현실은 온몸이 돌처럼 굳어 있는 발레 초보자다.

몇 달을 다녀도 유연성이 나아질 기미는 보이지 않았다. 몇십 년을 방치해둔 탓인지 내 몸은 발레와는 전혀 어울리지 않는 투박한 동작만을 반복할 뿐이었다. 그럼에도 불구하고 발레 학원을 계속 다녔던 이유는 아무래도 발레가 주는 특유의 분위기 때문이었던 것 같다. 둔탁한 내 동작과는 달리 팔다리를 시원시원하게 뻗어내는 선생님의 몸짓과 수업 시간에 흐르는 고상한 클래식 음악…… 발레를 둘러싼 모든 것들이 나를 취하게 했다. 음악에 나를 맡길 때, 육체는 사라지고 오로지 감각만이 공기 중에 흐르는 느낌이었다.

여러 발레 동작 중에서 나는 '아라베스크'를 가장 좋아했다. 아라베스크를 보고 있으면 기품 있는 백조가 연상되는데, 그 모습이 무척 아름다웠기 때문이다. 나도 우아한 백조가 되고 싶어서 거울 앞에서 수차례 다리를 들어 올렸던 기억이 난다. 다리를 90도에서 180도까지 뻗어내야 하는 고난도 동작이라 온몸에선 불이 나지만, 그 순간만큼은 내가 발레리나가 된 것 같아 기분이 좋았다. 이런 즐거운 감정은 다음 날 회사에서 나를 버티게 해주는 일종의 영양제였다.

회사에서 번역 작업에 몰입할 때도 배경 음악으로 발레와 관련된 곡을 자주 틀었다. 그 시절 내가 많이 듣던 음악은 영화 〈하나와 앨리스〉의 OST였는데, 그중에서도 앨리스의 발레 오디션 장면에 나오는 '워 아이니 아라베스크'를 가장 좋아했다. 고도의 집중력을 끌어내는 데 그만한 곡은 없었으니까. 나는 그만큼 발레에 깊이 빠져 있었다.

파리에 가기로 결정한 다음 가장 처음 했던 일은 파리 오페라 하우스(오페라 가르니에)의 발레 공연을 예약하는 것이었다. 내게는 어디에서 잠을 자고, 어디를 가고, 무엇을 먹을지보다 오페라 하우스에 가는 것이 더 중요했다. 사이트에 들어가 내가 파리에 있을 동안 어떤 공연을 하는지 둘러보았다. 내가 있는 시기에 볼 수 있는 공연은 〈카멜리아의 여인*LA DAME AUX CAMELIAS*〉이었다. 나는 무대와 가까운 316번 좌석을 선택했다.

수일이 지난 후에 파리로부터 국제 우편이 날아왔다. 'LA DAME AUX CAMELIAS'가 적힌 발레 티켓이었다. 표를 받아 든 순간, 이미 내가 파리에 가 있기라도 한 것처럼 심장이 두근거렸다. 나는 표를 가까운 곳에 두고 매일같이 바라보았다. 어서 빨리 3개월이 지나가기를 간절히 바라면서.

오지 않을 것 같던 3개월이 지나 파리 오페라 하우스에 가는 날이 찾아왔다. 주체할 수 없이 흥분되었다. 외부에서 바라본 극장의 모습은 황금빛이 내려앉은 것처럼 눈이 부셨다. 존재만으로도 주위를 압도하는 위엄이 느껴졌다. 그 위엄은 건

물 안에서도 이어졌다. 쉽게 말을 꺼낼 수 없을 만큼 적요한 공간은 어둡고 신비로웠다. 수백 개의 촛불만이 어둠을 밝히고 있었다. 극장 한쪽 유리 진열장에 있는 하얀 발레복이 어둠과 대비되어 유난히 빛나 보였다.

공연장 안으로 들어서자 마르크 샤갈*Marc Chagall, 1887~1985*의 천장화 〈꿈의 꽃다발〉 아래 검붉은 벨벳 의자들이 빼곡히 들어서 있는 것이 보였다. 나의 눈은 316번을 찾고 있었다. 무대에서 멀지 않은 곳에 좌석이 있었다. 긴장과 흥분을 동시에 느끼며 공연 카탈로그를 살펴보고 있는데, 중년의 여인들이 내

316

오른쪽 옆자리를 채우기 시작했다. 주변의 웅성거림은 점점 커져갔고, 알아들을 수 없는 어지러운 언어들이 나를 에워쌌다. 하지만 무대의 커튼이 열리는 순간, 언제 그랬냐는 듯 소리는 곧바로 사그라들었다.

그토록 기다리던 발레 공연이 시작되었다. 시력이 좋지 않아 발레리나의 아름다운 모습을 전부 또렷이 담을 수는 없었지만, 이것 하나만큼은 분명히 알아볼 수 있었다. 무대가 절정으로 치닫는 순간에 펼쳐지는 아라베스크와 미세한 손끝의 떨림. 나는 그 절정의 순간에 온몸이 떨렸고, 마치 내가 무대 위 그녀와 하나가 된 것처럼 깊이 몰입했다. 그때 그녀의 모습 위로 발레 수업에서 아라베스크를 하고 있는 내 모습이 겹쳐졌다. 몸은 여기 있으되, 정신은 발레리나처럼 자유롭게 움직이고 있었다.

공연장을 나오면서 생각했다. 내 인생의 절정, '아라베스크'는 과연 언제일까?

파리는 빛나는 순간들

내가 머물던 메닐몽탕 아파트에서 혼자만의 와인 파티를 열었다. 오렌지빛 조명으로 물든 아늑한 분위기의 방 안에 근사한 재즈 음악이 흐르니 황홀하기 이를 데 없었다. 파티라고는 하지만 준비된 것은 근처 마트에서 사 온 몇 가지 치즈와 싼 와인이 전부였다. 케이터링이 조금 부족했던 것은 사실이지만 내가 다녀본 그 어느 화려한 파티보다도 멋지고 훌륭했다. 켄 페프로스키 쿼텟*Ken Peplowski Quartet*의 고귀한 재즈 선율이 파티의 미비한 점들을 모두 상쇄하고도 남았으니까.

내 생애 가장 뜨겁고 열렬하게 사랑했던 재즈 음악을 꼽자면 파리의 밤에 나의 심장을 마구잡이로 뒤흔들어버린 켄 페프로스키 쿼텟의 소울일 것이다. 그들의 음악에는 아첨하지 않고 품위를 잃지 않는 고상함이 묻어 있다. 존재감을 드러내려 애쓰지 않아도 저절로 그 매력이 사람들에게 가닿는다. 내가 그들을 어떻게 알게 되었는지 기억나진 않지만, 우연인 듯 필연으로 나에게 와닿았다고 표현하는 게 좋을 것 같다. 그렇게 어느 날 갑자기 다가온 그들의 영혼은 나를 단박에 사로잡아버렸다.

그들의 음악을 단 한 번 듣는 것만으로도 나는 느낄 수 있었다. 이 음악이야말로 내 영혼의 단짝이라는 사실을. 만약 온몸의 감각이 저마다 독립해 누군가와 정신적으로 교감할 수 있다면, 내 청각은 켄 페프로스키 쿼텟을 향할 것이다. 적어도 파리에서만큼은, 그의 음악과 나는 깊이 교감을 이루었다고 말하고 싶다. 어쨌든 간에 재즈를 잘 알지 못하는 문외한인 나를 무아지경의 세계로 이끈 것에는 분명 어떤 의미가 있으리라.

그날 밤, 그러니까 와인의 밤에 가장 많이 들었던 곡은 'Bright Moments'였다. 나는 침대 허리를 소파 삼아 등을 기댄 채 장밋빛 와인이 담긴 유리잔을 조명에 가져다 댔다. 파리의 공기를 머금도록 잔을 빙빙 돌리자 맑은 와인이 잔 속에서 출렁거렸다. 그러자 설익은 포도 향을 머금은 진한 알코올 냄새가 잔을 타고 흘러나와 내 주변으로, 침실로, 거실로, 발코니로 점점 번져갔다. 그리고 이내 잔 밖에서 부유하던 재즈가 와인과 결합하여 나에게로 되돌아왔을 때 취기가 어른거렸다. 한 개이던 것이 두 개로 겹쳐 보이고 선명하던 것이 흐릿해지면서, 나는 윤곽이 모호한 세계로 서서히 빠져들었다. 나는 얼근한 공기 속에 잠기며 생각했다. 이 곡은 파리에서 보내는 혼자만의 시간을, 혼자만의 기분을 완벽히 재현해준 음악이라고.

그날 이후 이 곡은 나의 영혼에 각인되어 어떤 곳에 있더라도 파리의 감각을 잃지 않게 도와주었다. 제목 그대로 '빛나는 순간들'이었다. 우연히 이 곡을 다시 듣게 되는 날이면 나는 파리에서의 시간을 떠올리곤 했다. 그때는 온전히 느끼지 못했지만 시간이 흐르고 보니 내가 파리에서 경험했던 모든 것들이 반짝이는 빛으로 내 안에 남아 있었다. 심지어 지독하게 고독하다고 느꼈던 순간들까지도.

헤밍웨이*Ernest Hemingway, 1899~1961*가 했던 말을 이제서야 온 마음으로 이해할 수 있게 되었다.

"파리는 날마다 움직이는 축제"

그의 말이 맞다. 파리의 모든 장면들은 나의 삶을 계속해서 따라다녔다. 삶에 지쳐 쉬고 싶을 때, 내 마음은 파리를 품으며 영혼에 기록된 그날들을 떠올렸다. 보다 더 진한 추억을 느끼고 싶을 때는 내 영혼의 단짝인 재즈 선율을 틀어본다. 그러면 나는 음악을 타고 상상 속에서 파리를 걷는다. 파리의 추억들이 과거에서 현재로 달려와 나를 지탱해주고 행복을 느끼게 한다. 문득 이런 생각이 들었다. 나는 어쩌다가 이토록 파리를 사랑하게 된 것일까? 파리의 어떤 매력이 나를 그토록 취하게 만드는 것일까?

며칠을 곰곰이 생각하다가 이유를 찾아냈다. 파리는 나에게 별세계였다. 내가 지금 머물러 있는 이곳과는 완전히 다른 세계. 내 기억 속 파리는 눈에 보이는 모든 것이 시 같고, 노래 같고, 영화 같고, 그림 같아서 나의 감성을 온전히 발휘할 수 있는 곳이었다. 평소라면 침울하다고 마다했을 비 내리는 날도 파리에서라면 아름답게 느껴졌고, 평소라면 무심히 지나쳤을 거리를 천천히 음미하듯 걸었고, 평소라면 반응하지 않았을 무딘 감각이 파리에서라면 섬세하게 발휘되곤 했으니까. 살면서 이제껏 느껴보지 못한 감정들을 파리를 통해 새롭게 발견하게 되었다. 나는 그 감정이 낯설면서도 반가웠다. 단순히 여행이기 때문에 신기하다는 느낌을 넘어서, 파리라는 도시에서만 느낄 수 있었던 특색 있는 분위기가 무척이나 소중했다.

파리를 상상하는 일은 내게 작은 취미나 다름없었다. 파리는 마음속에서 헛된 오아시스처럼 생겼다 사라지기를 반복하며 나를 몽상 속에 가두어놓을 때도 있지만, 그러한 몽상이 있어서 조금이나마 갈증을 해소할 수 있었다. 그저 상상하는 것만으로도 잠시 파리의 기운에 잠길 수 있었으니까. 내 마음의 도시, 파리가 없었다면 삶은 건조하고 퍽퍽했을 것이다. 그래서 나는 파리에 대해 이렇게 말하고 싶다.

"파리는 빛나는 순간들."

쓸쓸한 영혼을 위한 노래

지하철을 타기 위해 역 안으로 들어가던 중이었다. 때는 파리지앵의 출근 시간이었다. 많은 사람들이 건조한 표정으로 나를 스쳐 지나갔다. 약속된 시간에 따라 발걸음을 재촉하는 직장인들 사이로 나의 시간만 더디게 흘러가고 있었다. 조금은 외롭다고 느끼며 걷고 있는데 어디선가 고운 소리가 들려왔다. 맑고 청아한 음성이었다. 발걸음을 옮길수록 소리는 점점 더 크게 들렸다. 나는 무언가에 이끌린 듯 소리가 나는 곳을 향해 걸어갔다.

삭막한 역 안에 울려 퍼지는 아련한 기타 소리와 그리움 짙은 음성은 역 입구를 지나 모퉁이를 돌아선 지점에서 흘러나오고 있었다. 그곳에는 혼자 오도카니 서서 버스킹 연주를 하는 여인이 있었다. 그녀는 들어주는 이가 없어도 전혀 개의치 않는다는 표정으로 노래하며 자신만의 세계를 만들어갔다. 음색이 그윽하고 아름다웠다. 또 부드러웠다. 나는 살포시 눈을 감고 그녀의 목소리를 음미하기 시작했다. 노래가 절정에 다다르고 잔잔함만이 남았을 때 나는 약간의 거리를 둔 채 그녀를 바라보았다. 그녀도 나를 바라보았다. 이따금 눈이 마주쳤고 우리는 서로의 시선을 의식했다. 나와 그녀, 우리 두 사람은 마치 정지된 시간 속에 놓인 사람들 같았다. 그녀는 광막한 광야 위에 홀로 우뚝 서 있는 사람처럼 보이기도 했고, 달빛을 걷는 사람처럼 보이기도 했으며, 푹신한 구름 위를 걷는 사람처럼 보이기도 했다. 그리고 언뜻, 그녀에게서 내가 보이기도 했다.

그녀가 표현하고자 했던 건 무엇이었을까? 그녀의 목소리는 머리가 아닌 가슴을 파고들었다. 그녀의 노래는 인간의 고독과 낭만적 우수를 담고 있었다. 고독한 도시인을 위한, 나와 같은 쓸쓸한 영혼을 위한 노래였다. 불어로 된 가사 내용을 정확히 알아들을 수는 없어도 노래가 표현하고자 하는 분위기는 명확히 전달되었다. 그래서였을까. 가슴속에 가둬둔 슬픔이 해방이라도 된 것처럼 내 눈에서 알 수 없는 눈물이 흘러내렸다. 겉으로는 괜찮은 듯 살아왔지만 내 안에는 치유되어야 할 어떤 아픔들이 있었던 것이다. 나는 그동안 특정 지을 수 없는 이 아픔을 덮기 위해 오만과 자신감으로 위장한 채 삶을 살아왔다. 그 모습이 때로는 차갑고, 도도하고, 쌀쌀맞고, 예민하고, 냉소적으로 보이기도 했다. 나를 홀로 방치하는 것이 곧 자기를 지키는 길이라 생각했던 나는, 스스로를 감싸기 위해 어둠을 만들어 그 속에 갇혀 지냈다.

왕성했던 모험심이나 호기심이 사라지고 일상의 권태와 무기력을 느낄 때였다. 당시 나는 나를 지배하는 독성이 삶에 들어와 퍼져가는 그 찝찝한 느낌을 온몸으로 경험하고 있었다. 월요일의 우울이 다음 날, 그리고 그다음 날에도 계속되는 먼데이 블루스*Monday blues*를 길게 겪은 탓에 나의 마음은, 또 나의 영혼은, 푸르죽죽하게 메말라갔다. 눈에 비치는 모든 것의 경계선이 불투명하게 보이던 그때, 나는 마음의 통증을 앓고 있었다.

파리의 메트로 2호선에 울려 퍼진 그녀의 목소리를 들으며 나는 회색 그림자가 드리운 나의 삶에 어떤 빛 한줄기가 떨어지는 것을 느꼈다. 나의 심연으로 파고드는 청아한 음성은 사무치게 외롭고 쓸쓸하면서도, 한편으론 눈부시게 아름다웠다. 마치 깜깜한 어둠 속 어슴푸레한 빛 한줄기가 떨어져 나의 내면이 서서히 밝아지는 것 같았다. 극단으로 치달은 좌절과 고독을 온몸으로 받아내고 있는 한 인간에게, 그 빛은 말했다.

앞으로 네 인생에 어떤 행운이 찾아올지 모르잖아? 너는 네 삶의 비극에 초점을 맞추고 있지만 나는 그 반대야. 너는 네 삶의 그림자에 초점을 맞추고 있지만 나는 빛으로 가득 찬 너의 세계가 보여. 너는 과거의 삶을 고통과 실패라 부르지만 나는 그것이 너의 성공에 꼭 필요한 재료로 보여. 너는 과거의 경험을 우연의 사건들이라고 부르지만 나는 그것을 우연을 가장한 필연 그리고 다가올 미래의 숙명이라 부르고 있어. 미래의 숙명이란, 결과적으로 네가 충분히 만족하고도 남을 풍요로운 인생이지.

나는 한결 밝아진 마음으로 말간 미소를 지으며 그녀와 눈인사를 나누었다. 노래를 끝낸 그녀는 내게 손짓하며 말했다.

"S'il vous plaît(저기요)"

조금 긴장한 채로 그녀에게 슬며시 다가갔다.

"어디에서 왔어요?"

"아, 저는 한국에서 왔어요."

"제 노래를 집중해서 듣고 있는 것 같던데."

"네 맞아요. 목소리가 너무 좋아서, 너무 아름다워서 반했어요. 음, 뭐라고 설명해야 할지 모르겠어요. 이렇게 맑게 갠 목소리는 여태껏 들어본 적이 없는 것 같거든요. 눈치채셨겠지만 사실 한참을 넋 놓고 바라봤어요."

"고마워요, 마음에 들었다니 다행이네요. 저도 한국 친구들이 몇 명 있답니다. 다 음악 하는 사람들이죠. 예전에 여기서 음악 활동을 하다가 지금은 모두 한국으로 돌아갔어요. 오랜만에 한국 사람을 만나니 그 친구들이 생각나네요."

그녀의 눈빛이 반짝였다. 금세 추억에 젖어 든 촉촉한 눈빛은 잠시 과거의 시간 속에 머물며 무언가를 열렬히 그리워하고 있었다.

역에서 나눈 몇 분간의 대화를 통해 나는 그녀가 음악으로 이야기하고, 음악으로 느끼고 사랑하며, 음악으로 사는 사람이란 걸 알 수 있었다. 그녀는 새로운 날이 되면 내가 아닌 또 다른 누군가의 가슴을 파고들 따스한 위로를, 청아한 목소리로 노래할 것이다.

마들렌에서 만난 파리 남자

물기 머금은 마들렌 광장을 걷고 있는데 그날따라 공기가 유독 달게 느껴졌다. 시선이 닿는 모든 것들이 찬연한 빛을 내었다. 눈부시도록 아름다운 파리의 아침이었다. 거리에서는 꽃과 과일 냄새가 은은하게 퍼져 나왔고, 거리를 걷는 사람들의 눈빛은 기쁨과 환희로 가득 차 있었다. 나른한 행복이 내 안에 스며들자 가슴속에서 따뜻하고 뭉클한 것이 꿈틀대더니 오묘한 기분이 들었다. 그곳은 미몽의 세계였다.

그때 문득 이런 생각이 들었다. 지금 이 순간을, 이 황홀한 느낌을 사진으로 남겨야겠다고. 휴대폰을 꺼내 들고 사진을 수십 장 찍어대기 시작했다. 배경이 약간씩 변할 뿐 사진 속 내 표정은 별반 다르지 않아 사진이 전부 비슷해 보였다. 그래도 그건 내게 꽤 의미 있는 행동이었다. 평소라면 카메라에 얼굴을 담지 않았을 내가 한 장소에서 그토록 많은 사진을 찍었다는 건, 그날의 행복 수치가 얼마나 높았는지 보여주는 증거니까.

전신사진을 찍지 못해 아쉽다는 생각이 들 때, 카메라 프레임 너머로 한 남자가 나를 향해 웃고 있는 모습이 보였다. 서글서글한 눈매를 지닌 그 남자와 눈이 마주쳤고, 나는 관례적인 미소를 지어 보였다. 그러자 그도 내게 미소를 보내왔다. 더플코트 주머니에 양손을 찔러 넣은 채로. 그는 잠시 망설이는 듯하더니 내게 말을 걸었다. "사진 찍어 줄까요?" 그가 처음 건넨 언어는 영어였다. "그래 주실 수 있나요? 그럼 좀 부탁드려요." 나는 감사하다는 말과 함께 휴대폰을 건넸고, 덕분에 못내 아쉬웠던 전신사진이 탄생했다. 자신의 역할을 멋지게 해낸 그는, 내게 또 말을 건네왔다. "여행 왔어요?" 이번에도 언어는 영어였다. 하지만 당시 나의 영어 실력으로는 대화가 매끄럽게 이어지긴 좀 어려울 것 같았다. "제가 영어로는 대화가 좀 어려울 것 같은데, 혹시 한국어나 일본어 할 줄 아세요?" 기대치 않고 던진 나의 질문에 뜻밖의 대답이 돌아왔다. "네. 저 일본어 할 줄 알아요." 그가 건넨 두 번째 언어는 일본어였다. 이후 우리는 계속 일본어로 대화를 나누었다.

그는 느물거리지 않는, 미소년의 순수한 미소로 내게 말했다. 이름은 도미니크이며 파리에서 태어나고 자라 현재는 공무원 생활을 하고 있고, 때때로 밤에 글을 쓰며 작가로서의 삶도 함께 살아가고 있다고. 그리고 조만간 그의 소설이 세상에 나올 거라고 말했다. 그런데 나는 다른 것보다 공직에 몸담으며, 글을 쓰는 이 파리 남자가 어떻게 일본어를 구사할 수 있는지가 궁금했다. "그런데 어쩜 그렇게 일본어를 잘 하세요? 솔직히 좀 놀랐어요. 이렇게 대화가 이어지리라곤 생각 못 했거든요. 제 영어 실력이 많이 부족해서 소통이 안 될 줄 알았어요." "제가 예전에 일본에서 유학을 한 적이 있거든요." "일본 어디에 계셨어요?" "도쿄요." 조금은 투박한 일본어였지만 일상적인 대화를 나누기에는 전혀 부족함이 없는 실력이었다.

이번에는 내 이야기를 할 차례였다. 이방인을 만나면 늘 받는 평범한 질문들이 이어졌다. 어디에서 왔고, 언제 왔으며, 언제 가는지 그리고 무슨 일을 하고 있는지와 같은 질문이었다. 나는 말했다. 한국에서 왔고, 물론 South Korea이며, 9일전에 여기 파리에 왔고, 내일 떠날 예정이라고. 그리고 현재 기업에서 인하우스 통역사로 일본어 통역과 번역 일을 하고 있다고.

그가 이번에는 파리의 느낌이 어떤지 물어왔다. 나는 지난날들을 톺아보며 잠시 회상에 잠겼다. "참 감각적인 도시 같아요. 아름답고요." "그럼 파리에서 가장 마음에 드는 장소는요?" 옅은 미소를 머금은 그가 눈빛에 생기를 띤 채 물었다. "음…… 가장 마음에 드는 장소라, 글쎄요. 파리는 어딜 가든 다 좋았어요. 몽소 공원도 좋았고, 튈르리 정원도 좋았고, 또……." "혹시 뤽상부르 공원도 가 봤나요? 제가 파리에서 가장 사랑하는 장소인데, 아직 안 가봤다면 꼭 추천해주고 싶어서요."

대화는 서서히 끝을 향해 가고 있었다. 그는 황급히 자신의 명함을 꺼내 그 자리에서 개인 메일 주소를 적더니 내게 건네며 말했다. "혹시 다시 파리에 오게 되면 연락 줘요." 종이의 3분의 1이 베이비블루 컬러로 물든 세련된 명함이었다. 나는 그가 건넨 명함을 받아들고선 그의 필체를, 그의 직업을, 그의 생의 일부를 찬찬히 들여다보았다. 내 얼굴 사진이 들어간 명함을 받아 든 그도, 종이 안에 깃든 나의 일부를 부드러운 눈길로 바라보았다.

그를 떠나보내고 나는 잠시, 언어의 매력에 대해 생각했다. 서로가 서로에게 외국인인 두 사람이, 자신의 모국어도 상대의 모국어도 아닌 제3국의 언어로 대화를 나누었다는 사실이 너무도 신기하게 느껴졌기 때문이다.

파리 여행을 마치고 한국에 돌아와 이메일을 열어보니 도미니크로부터 이메일이 와 있었다. 나는 그 이후로도 그와 몇 번 정도 이메일을 주고받으며 제3국의 언어로 대화하는 희열을 느꼈다. 그러던 어느 날, 도미니크는 자신의 책이 출간되었다며 국제 우편으로 책을 보내왔다. 처음 그의 책을 받았을 때 다소 관능적인 느낌의 책이라고 생각했다. 표지에 장발의 갈색 머리 여자가 등을 돌리고 앉아 있는데, 어째서인지 아무것도 걸치지 않고 있었다. 나체의 형상을 보며 이 책이 쓸쓸한 영혼과 고독한 도시인에 대한 이야기라고 생각했으나, 그것이 맞는지 아닌지는 지금에 와서도 정확히 알 수 없다. 불어로 쓴 책이기 때문이다.

당시 불어에 대한 로망과 환상이 있었던 나는 아주 잠시, 이것이 원서로 불어를 정복할 수 있는 좋은 기회라고도 생각했다. 돌이켜보면 참 아찔하고 아둔한 생각이었다. 나의 불어 실력으로 도미니크의 책을 이해하려면 도대체 몇 번의 계절을 거쳐야 할지 도무지 헤아릴 길이 없었다. 하루에 몇 문장 이해하는 데에도 아주 많은 시간이 필요했고, 그것을 모두 견디기에는 내 인내심이 부족했다. 나중에 번역본이 나오면 제대로 읽어보기로 하고, 그에게 직접 내용을 물어보는 편이 좋을 것 같았다. 이메일을 보내자 바로 회신이 왔다. 몇 년 전의 일이라 세밀하게 기억나진 않지만, 프랑스 남자와 일본 여자의 사랑 이야기를 담은 책이라고 했다. 표지의 느낌으로 보아 어쩐지 외로운 결말이 예상되었다. 정확한 내용은 언젠가 그를 다시 만나게 된다면 물어보기로 했다. 이후로 그와 이메일을 주고받지는 않았지만, 이 만남은 외국어에 대한 소중한 추억으로 남아 있다.

그때로부터 몇 해가 흐른 지금, 아주 신기한 일이 발생했다. 그와의 에피소드를 담은 이 글을 쓰고 나서 얼마 지나지 않아, 연락이 끊겼던 도미니크로부터 이메일이 왔다. 글을 쓰는 내내 그를 생각했던 나의 마음이 파리에 있는 그에게 가닿았던 것일까? 그는 잘 지내고 있느냐는 안부 인사와 함께 본인의 신간이 출간된다는 소식을 알려왔다. 파리에서 작가로서 왕성한 활동을 벌이고 있는 모양이다. 나의 근황을 묻는 그에게, 나는 요즘 파리에 관한 에세이를 쓰고 있다고 전했다. 그러자 그는 몹시 기뻐하며 '파리에 대해' 꼭 써달라고 말했다. 나는 그러겠다고 약속했다.

카페 크렘 한 잔 주세요

나를 언어의 세계로 이끈 첫 번째 외국어는 일본어였다. 일본어를 선택한 이유는 비교적 단순했다. 아름답게 들려서. 나는 좋아하는 노래를 즐겨 듣듯이 일본어를 들었다. 교육 방송부터 일본 드라마나 광고, 영화까지 시간이 날 때마다 틈나는 대로 일본어를 접했다. 그것이 내 안에 자연스럽게 녹아들 때까지. 대개 이미 본 콘텐츠를 다시 틀어놓고 노래처럼 귓가에 계속 맴돌도록 했는데, 다 알고 있는 내용이니 듣는 것만으로도 그 장면이 자연스럽게 머리에 연상되었다. 같은 것을 듣고 또 들으며 혼자서 키득거리는 날도 많았다. 이렇게나 좋아하고 가까이했던 만큼, 일본어에 대한 관심은 전공과 직업에까지 영향을 미쳤다. 일본어가 어느 정도 익숙해지자 이번에는 다른 언어에 눈길이 갔다.

처음 내가 언어의 세계에 매혹당했을 때와 비슷한 느낌을 준 언어는 다름 아닌 불어였다. 어느 날 우연히 불어로 대화하는 소리를 들었을 때, 나는 내 귀에 스친 그 언어가 마치 노래처럼 아름답다고 생각했다. 그때부터 불어를 내 것으로 만들어야겠다고 다짐했다. 불어를 자유자재로 구사하는 내 모습을 상상하니 가슴이 두근거렸다.

'독학으로 불어 완전 정복!' 불어를 배우려는 의지가 불타오르던 이십 대 중후반 무렵, 스스로 내건 슬로건이다. 고등학교 시절, 제2외국어로 선택했던 불어 성적이 괜찮았던 걸 생각하니 다시 시작할 수 있을 것 같은 묘한 자신감도 피어올랐다. 그러나 당시에는 불어를 배울 방법이 그리 다양하지는 않았다. 할 수 있는 것이라고는 서점에서 불어 교재 몇 권을 사서 책에 딸린 테이프를 들으며 앵무새처럼 말을 따라 하는 것뿐, 딱히 더 재미있는 다른 방법은 없는 듯 보였다. 물론 횟수로 따지면 간헐적으로 공부한 편이지만, 그렇다고 불어를 손에서 놓은 적은 없었다. 그렇게 나는 오랫동안 불어에 미련을 버리지 못했다. 하지만 세월이 흘러도 나의 불어 수준은 인사말인 '봉주르'에 머물러 있었다. 마치 학교 다닐 때 문제집 앞부분만 유난히 너덜너덜했던 것처럼.

시간이 흘러 삼십 대가 된 지 얼마 되지 않았을 무렵, 불어를 배우고 싶은 욕망이 다시금 살아났다. 이번에야말로 불어를 내 것으로 만들 수 있을 거라는 자신감이 솟구쳤다. 독학으로는 인사말을 익히는 정도에서 벗어나지 못했기에, 이번엔

큰마음을 먹고 불어 학원을 등록했다. 회사에서 학원까지는 가는 데만 1시간이 걸렸고, 학원에서 집까지 돌아오는 데는 1시간 30분이 걸렸다. 험난한 여정이었지만 어떻게든 공부를 하고 싶다는 의지로 불타올랐기에 크게 신경 쓰지 않았다. 버스로 이동하면 퇴근 시간과 겹쳐 더 많은 시간이 소요되었다. 그래서 그 먼 거리를 과감히 택시를 타고 가곤 했다. 덕분에 저녁을 먹고 예습도 할 수 있는 여유 시간이 생겼다. 택시비가 부담되었지만, 이제 불어를 제대로 배울 수 있다는 생각에 나는 무척이나 들떠 있었다.

오래된 건물에 자리하고 있던 학원은 내부가 다소 음침했으며, 어딘가 눅눅한 냄새가 났다. 하지만 나는 어쩐지 그 후락한 느낌이 좋았다. 오래된 것에서 느껴지는 특유의 편안한 분위기가 마음에 들었다. 나는 자주 일찍 도착해 아무도 없는 강의실에 먼저 들어가 있곤 했다. 강의실은 작은 책상이 오밀조밀 붙어 있는 작고 아담한 공간이었다. 불을 켜고 뒤에서 두 번째 자리에 앉아서 창문 밖을 내려다보면, 퇴근을 서두르는 사람부터 장을 보러 나온 주부, 엄마 손에 이끌려온 아이, 어딘가를 향해 걸어가는 행인들의 모습이 보였다.

수업 시작 전에는 언제나 차를 마셨다. 자주 마셨던 차는 로네펠트 티의 잉글리시 브랙퍼스트. 차 한 잔과 함께 사색에 빠지는 것은 수업을 준비하는 하나의 작은 의식이었다. 차를 마시며 보온병 밖으로 삐져나온 코발트블루의 티백 꽁다리를 바라보는 그 순간이 좋았다.

차를 홀짝이고 있으면 함께 수업을 듣는 초급반 학생들이 하나둘 들어왔다. 고등학생부터 불어를 전공하는 대학생, 그리고 나와 같은 직장인까지. 우리는 하나같이 수줍은 듯 고개를 떨군 채 교재를 바라보며 입을 달싹거렸다. 차를 거의 다 마셔갈 때쯤이면 선생님이 등장했다. 단정한 긴 생머리에 플레어스커트를 즐겨 입던 그녀는 프랑스에서 10년 넘게 살았다고 했다. 그래서인지 프랑스를 그리워하는 그녀의 마음은 그 시간만큼이나 깊어 보였다. 특히 비가 오는 날이면 프랑스에서의 시절을 회상하며 다양한 에피소드를 들려주곤 했다. 그때가 그립다는 듯 아련히 눈을 감기도 하고, 눈꺼풀을 파르르 떨기도 하면서. 그녀가 들려준 여러 추억담 중에서 가장 기억에 남는 것은 바다 위 덩그러니 놓인 바위산의 수도원 '몽생미셸'에 대한 이야기였다. 그녀가 묘사한 몽생미셸은 안개 낀 바다가 아스라이 펼쳐지는 몽환적인 아름다움이 있는 곳이었다. 살며시 눈을 감고 왼손으로 턱을 괸 채, 나는 생각했다. 대천사 미카엘의 계시를 받아 지어진 신성의 장소인 그곳에 언젠가 꼭 가봐야겠다고.

그녀가 프랑스에 대한 그리움을 쏟아놓던 또 다른 어느 날이었다. 이번에는 자신의 언니와 조카가 파리를 방문해 같이 여행했던 이야기를 들려주었다. 추억에 잠긴 그녀의 얼굴이 잠시 밝아졌다. 햇살이 가득한 카페테라스에서 커피를 즐겼다던 그녀, 호젓한 미술관을 산책하듯 거닐며 그림을 감상했다던 그녀, 조카와 패스트푸드점에서 햄버거를 먹었다던 그녀. 그녀는 평소 수업 때보다 훨씬 생기 있어 보였다. 그녀를 보며 나는 생각했다. '과거의 파리를 회상한다는 건, 아름다운 일인가 봐.' 그때 다시 한번 마음먹었다. 나도 언젠가 파리에 가봐야겠다고.

그 언젠가는 생각보다 빨리 찾아왔다. 그 후 3개월이 지난 시점이었다. 나는 꿈꾸던 파리에 갈 수 있다는 생각에 무척이나 설레었다. 학원에서 불어를 제법 잘하는 학생으로 통했던 터라 가서 불어로 소통해보면 어떨까 생각하기도 했다. 단 몇 마디라고 해도 말이다. 하지만 혼자 하는 고독한 여행이라 그런지 파리에 도착하고 나서 며칠이 지나도록 딱히 불어를 사용할 만한 기회는 생기지 않았다. 식당에서 음식을 주문할 때를 제외하고는 입을 열 일이 거의 없었다. 낯을 많이 가리다 보니, 낯선 이국에서 누군가에게 말을 건네거나 정제되지 않은 외국어를 입 밖에 낸다는 것이 매우 어려운 일처럼 느껴졌다. 그런데 카페에서는 달랐다. 내가 완벽하게 구사할 수 있는 문장 하나가 있었기 때문이다.

"Donnez-moi une Café Crème, s'il vous plaît(카페 크렘 한 잔 주세요)."

이 문장만큼은 자신 있게 발음할 수 있었다. 특히 '카페 크렘*café crème*'이라는 발음을 아주 좋아해서 어느 카페에서든 카페 크렘은 위축되지 않고 주문할 수 있었다. 카페 점원이 내 말을 이해하고 커피 한 잔을 가져다주면 그렇게 뿌듯하고 신기할 수가 없었다.

주눅 들지 않도록 자신감을 심어주는, 나를 위한 이 짧은 문장이 파리에서의 순간을 빛나게 했다. 나는 파리 카페에서 유독 테라스 자리를 좋아했다. 카페 안으로 들어오는 부드러운 햇살의 감촉이 좋았고, 눈부신 햇빛 아래 두 눈을 가느다랗게 뜨고 한 손을 턱에 괸 채 커피를 홀짝이는 그 시간이 좋았다. 따뜻한 커피가 목구멍을 타고 흘러내릴 때면 나는 불어 수업 시간을 떠올렸다. 홍차를 홀짝이며 수업 시간을 기다리던 침잠의 순간을. 그동안 배웠던 수많은 문장들은 손에 움켜쥔 모래처럼 스르륵 빠져나가 버리고 기억에 남는 건 오직, '카페 크렘 한 잔 주세요'뿐이었지만, 그 감정만은 그대로 남아 있었다. 무언가를 배우고자 했던 작은 열망은 사라지지 않고 여전히 내 안에 꿈틀거리고 있었다.

언어는 마치 도시 위에 흐르는 음악 같다. 어느 나라에 사는지, 어느 지역에 사는지에 따라 언어의 억양과 리듬이 다르고, 강세도 다르다. 언어는 이성만으로 습득할 수 있는 건 아니다. 이성으로 어휘와 문법을 배운다면, 감성으로는 리듬과 높낮이 같은 언어의 느낌과 분위기를 익혀 나간다. 언어의 감각이란 이런 게 아닐까. 기억 속 어딘가에 묻혀 있던 노래가 어느 날 갑자기 무심코 튀어나오는 것처럼, 마음과 몸으로 체득한 언어의 감각은 지워지지 않는 흔적을 남긴다.

한국에 돌아오고 나서 몇 년간은 이전과 마찬가지로 간간이 불어 공부를 이어나갔지만, 지금은 이전과는 또 다른 방식으로 불어를 대하고 있다. 불어로 말하는 것도 좋지만 불어를 듣는 것을 더 사랑한다. 이제 나에게 불어는 외국어라기보다 나의 감성을 자극하는 나른한 노래 같다. 불어 특유의 발음과 뉘앙스 그리고 언어 속에 녹아든 풍미가 좋다.

내가 언젠가 다시 파리를 방문하게 된다면, 나의 귓가에서는 온종일 감미로운 노래가 흐르게 될 것이다. 나에게 불어는 삶의 감정을 담은 또 하나의 샹송이기에.

1870년 파리를 걷다

파리 오페라 하우스에 처음 입장했던 순간을 잊지 못한다. 내부는 1870년대 파리의 풍경을 그대로 옮겨놓은 것 같았다. 옅은 푸른빛이 감도는 신비로운 공간에 수많은 조명들이 반짝이며 따뜻한 분위기를 만들어냈다. 멀리서 보면 이 불빛들은 바람에 일렁이는 수백 개의 촛불같이 보이기도 했다. 여전히 과거의 흔적이 남아 있는 아름다운 공간을 거닐며, 나는 1870년의 파리 오페라 하우스를 배경으로 펼쳐지는 뮤지컬 〈오페라의 유령〉을 떠올렸다. 〈오페라의 유령〉은 오페라 극장의 유령 팬텀과 프리마돈나 크리스틴의 비극적인 사랑 이야기를 다룬 작품이다. 자욱한 안개 사이로 281개의 촛불이 등장하거나 샹들리에가 떨어지는 등 화려한 볼거리와 아름다운 음악으로 유명하다.

2층으로 향하는 고풍스러운 계단에 올라서자 어디선가 크리스틴의 청아한 음성이 들리는 것만 같았다. 이곳에서 크

리스틴이 아름다운 목소리로 'Think of Me'를 불렀다고 생각하니 온몸에 전율이 일었다. 나는 작품 속 인물이 되어 오페라 하우스를 거닐었다.

부드러운 어둠이 내려앉은 이 공간에서 그녀의 목소리를 상상하자 하얀 안개가 아스라이 펼쳐지는 듯했다. 계단은 팬텀이 그녀를 배에 태워 지하 세계로 인도하는 아련한 안개 길 같았다. 나는 크리스틴과 함께 그가 살고 있는 어둠의 세계로 가고 있었다. 평소라면 절대 느낄 수 없는 황홀한 긴장감이 내 안에 가득했다.

2층에 도착해 공연장에 들어서니 웅장한 샹들리에가 마르크 샤갈의 천장화 〈꿈의 꽃다발〉 한가운데에 매달려 있고, 검붉은 좌석이 눈앞에 들판처럼 펼쳐져 있었다. 나의 의식은 여전히 과거의 오페라 하우스와 현재의 오페라 하우스를 오고 갔다. 시간을 헤매던 나의 생각이 과거에 멈추었을 때 샹들리에는 뮤지컬의 한 장면처럼 격렬한 진동을 일으켰다. 격노의 피아노 소리가 세차게 울려대자, 내 머릿속에서 샹들리에가 그 소리에 화답하듯 떨어져 산산조각이 났다. 세상으로부터 억압된 팬텀의 영혼이 드러난 것이다.

내가 머무르고 있는 지금 이 공간에, 어쩌면 팬텀의 영혼이 녹아 있을지도 모른다는 생각을 했다. 5번 박스석에 그가 앉아 있는 것은 아닐까? 나는 그가 사람의 영혼을 매료시키는 인물이라고 생각한다. 팬텀이 크리스틴이 지닌 천상의 목소리를 알아보고 그녀의 목소리에 날개를 달아준 것처럼 나도 그를 통해 큰 용기를 얻었다. 그의 힘은 어디에서 오는 것일까?

나는 그의 가면 속에 가려진 외롭고 쓸쓸한 영혼을 보았다. 그리고 그의 영혼에서 나를 보았다. 그는 언뜻 세상을 향해 분노하는 것처럼 보이지만, 사실은 작은 관심과 사랑이 필요했던 순수한 영혼의 소유자다. 그는 자신이 부모와 세상으로부터 버림받았다고 여겨 지하 세계에서 은둔자로 살아갔다. 사고를 당해 흉측하게 변한 자신의 모습으로는 세상의 중심에서 살아갈 수 없다고 판단했던 그는 세상의 가장자리에서 위태롭게 살아가기를 선택했다. 자신이 만든 침잠의 세계에서 은둔을 즐겼지만 한편으론 외롭고, 쓸쓸했으며, 또 고독했다. 궁극의 고독 속에서 그의 감각은 더욱 예민해졌고, 섬세한 감각은 그의 천재적인 예술성에 날개를 달아주었다. 혼자만의 시간에 그는 예술가적 기질을 발휘해 창작 활동을 하면서 자신의 상처를 치유하려 했다. 그의 예술성은 지금도 많은 사람들의 가슴에 감동을 선사하고 있다.

팬텀은 흉측한 외모를 가리려고 가면 뒤에 숨었고, 세상과 교류하지 않기 위해 스스로 어둠의 세계로 들어갔을 것이다. 하지만 나는 그의 영혼에서 사랑받고 싶은 쓸쓸한 어린아이의 모습을 보았다. 그의 어떤 부분들은 나의 모습이기도 했으며, 한때는, 아니 지금도 때때로 나도 어둠의 세계에서 사색과 고독과 침잠을 선택하며 살고 있기 때문이다. 민감한 사람은 대개 섬세하고, 상처받기 쉽고, 감각이 예민하기 때문에 현란한 빛의 세계보다 은밀하고 부드러운 밤의 세계에서 혼자 지내기를 좋아한다. 나에게도 팬텀과 같은 시절이 있어서 세상과 철저히 고립된 운둔자의 삶을 산 적이 있다. 물론 나의 민감한 성향과 기질에 의한 것도 있겠지만, 스스로가 상처받은 영혼이라 생각해 뒤로 물러난 것이기도 했다. 팬텀처럼 가면 속에 숨어 지내고 싶었다. 그것만이 나를 살리는 길이라고 생각했다.

주변 지인들은 나를 바깥세상으로 끄집어내고 싶어 했지만, 쓸쓸한 내 영혼은 언제나 혼자 있기를 선택했다. 그런데 이런 고독한 영혼도 마음이 누그러지는 순간이 있었으니, 그것은 사랑, 사랑의 온기였다. 나에게도, 그에게도, 사랑의 온기가 필요했다. 울부짖는 팬텀의 절규는 사랑이 필요했던 그의 영혼이 울부짖는 소리였다. 크리스틴을 향해 그리고 자기 자신을 향해 애원하는 팬텀의 절규에서 나는 나의 고독한 영혼을 보았다. 어쩌면 그의 절규는 다시 세상과 교감하고 싶다는 염원을 드러낸 것일지도 모른다.

어둠의 세계로 이끈 것은 세상이 아니라 나 자신이었고, 그 시절을 추억으로 만들 수 있는 사람 또한 나 자신이었다.

그 이후로 나는 조금 더 나를 사랑하기로 결심했다. 여러 책과 강연에서 나를 있는 그대로 받아들이라고 했지만, 그렇게 하는 데는 생각보다 인내심이 많이 필요했다. 나를 사랑하려고 갖은 애를 쓰던 긴긴 시간 동안 한쪽 구석에서 축 처져 있는 나를 바라볼 때면, 스스로가 안쓰럽게 느껴지기도 했다. 몇 해가 지난 지금도, 나는 여전히 나를 있는 그대로 사랑하기 위해 내 안에서 기웃기웃하고 있다.

시간 여행을 하던 나의 영혼은 다시 현재의 오페라 하우스로 돌아왔고, 무대에서는 발레 공연 〈카멜리아의 여인〉이 펼쳐지고 있었다. 나는 그의 영혼과 함께 발레리나의 우아함에 빠져들었다.

무언가에 홀린 듯 과거의 파리와 과거의 나를 생각하게 만들었던 공연장에서 벗어나니 2시간 전에 느꼈던 거대한 전율은 사라지고, 그곳에는 편안한 오르골 소리만이 흐르고 있었다.

파리 제3의 감각

Aesthetic Sense of Paris

미각

내 혀에 드리워진 파리의 맛

내 혀에 스며든 것은
파리의 관능과 철학과 위로였다.

크레페를 먹을 때는 크레페만 생각하자

뱅센 숲*Bois de Vincennes*으로 가는 여정은 꽤 험난했다. 생각보다 긴 이동 시간에 숲에 도착하기도 전에 지쳐 쓰러질 것만 같았다. 피곤해진 나는 현지 사람들이 갈 만한, 요란스럽지 않은 카페를 찾고 싶었다. 타박타박, 사박사박. 파리의 동네 이곳저곳을 무작정 거닐었다. 그러다 어느 카페 앞에서 우연히 발길을 멈췄다. 커피와 크레페를 파는 가게였다. 인테리어에 크게 공을 들이진 않았지만 어딘가 모르게 편안하고, 푸근한 느낌이 났다. 관광객의 발길이 전혀 닿지 않은, 근처에 사는 사람들만이 동네 마실 나올 때 드문드문 방문할 것 같은 소박한 분위기의 카페에, 나는 이끌리듯 나무 문을 열고 들어갔다.

어쩌면 나를 이끈 것은 블루 컬러의 테이블보였을지도 모른다. 카페 문을 열기 전, 창문 너머로 보이던 선명한 블루 컬러가 나의 시선을 붙잡았기 때문이다. 자리에 앉아 주문을 마치고는 내부를 찬찬히 둘러봤다. 테이블보와 함께 의자도 창틀도 모두 블루로 통일되어 있던 이곳은, 어딘가 모르게 끌리는 구석이 있었다. '카페 사장님이 블루를 좋아하나 봐' 생각하니 묘한 동질감이 느껴졌다. 나도 꽤 오랜 시간 블루를 좋아했던 만큼 그 카페를 만난 것은 우연을 가장한 어떤 이끌림이라고 봐도 좋을 것이다. 나는 색으로서 블루를 좋아했고, 분위기로서 블루를 좋아했다. 언뜻 보아 우울한 듯하지만 차분하고, 침잠하며, 멋진 사색을 즐길 수 있게 도와주는 평온의 컬러 블루를 통해 종종 나의 존재성을 발견하곤 했으니까. 블루로 둘러싸인 장소라면 예민해진 감각이 한층 더 편안해질 수 있을 것 같았다.

주문한 에스프레소와 크레페가 나왔다. 앙증맞은 에스프레소 잔 옆에는 스틱 설탕이 있었고, 아몬드색으로 알맞게 잘 구워진 크레페는 반질반질 윤기가 흘렀다. 얇은 밀가루 반죽 위에 진한 누텔라를 곱게 펴 바른 크레페를 한 입 먹자 궁극의 단맛이 느껴졌다. 단맛으로 꽉 찬 입 안으로 에스프레소의 쓴맛이 밀려왔을 때 나는 행복을 느꼈다. 온갖 멋진 것에 둘러싸여 느끼는 큰 행복보다 눈여겨보지 않으면 쉽게 지나쳐버릴 만한 행복, 나는 이런 작은 것에 자주 마음을 빼앗기곤 했다. 이건 마치 어느 가을, 부모님과 멋진 산의 정경을 바라보며 간식을 먹었을 때 느꼈던 소탈한 기쁨과도 비슷한 것이었다.

한창 미각의 즐거움을 느끼고 있을 때 노부부 손님이 들어와 옆 테이블에 앉았다. 차림으로 보아 근처에 사는 동네 주민인 듯했다. 할아버지는 모자가 달린 파란색 줄무늬 티셔츠를, 할머니는 핑크색 스카프와 밤색 가죽 재킷을 걸치고 있었다. 노부부는 익숙한 듯이 우선 커피 두 잔을 주문했다. 주문한 커피가 나오자 노부부는 메뉴판에 몰입하며, 시간을 들여 아주 천천히, 추가로 시킬 것들을 고르고 있었다. 그 모습을 가만히 보고 있자니 묘하게 위로가 되는 느낌이었다.

그들은 오롯이 현재에 충실하고 있었다. 커피에 곁들일 크레페를 고르는 단순한 행위가 노부부에게는 큰 기쁨인 것처럼 보였다. 나와는 다른 감각으로 살아가는 사람들 같았다. 생각해보니 그들과 달리 나는 언제나 인생의 기쁨을 미래에서 찾고 있었다. 미래에 언젠가 멋지고 근사한 일들이 나를 찾아올 거라 믿으며 지금 존재하는 것들은 그저 흘려보내면서 살았다. 그런데 그토록 간절히 바라던 미래가 현재가 되었을 때, 나는 또다시 그 현재를 버리고 또 다른 미래를 그리며 보이지 않는 이상을 좇고 있었다.

문득 이런 생각이 들었다. 크레페를 먹을 때는 크레페만 생각할 수 없을까? 나는 언제나 생각이 많은 사람이었다. 겉으로는 고요해 보이지만 내면은 고요하지 않았다. 곧잘 사색과 몽상의 세계에 빠지곤 했다. 하지만 이 과정을 겪으면서 내린 결론은 '지나치게 자주 생각에 빠지는 사람은 행복하지 않다'였다. 생각이 많다는 건 '지금 여기'에 머무르지 않는다는 의미도 되기 때문이다. 무언가를 하지 않는 순간에도 나는 생각하기를 멈춘 적이 없었다. 끊임없이 무언가를 골몰히 생각하지 않으면 불안함이 밀려와 견딜 수 없었기 때문이다. 아침에 눈을 떴을 때 아무런 생각이 들지 않는 사람이 가장 행복한 사람이라는데, 잠들기 전은 물론이거니와 잠을 깨고 난 직후에도 그날의 고민들을 미리 늘어놓기에 바빴다.

그래서 나는 요즘, 지금 이 순간에 머무르는 연습을 하고 있다. 크레페 가게에서는 어떤 크레페를 먹을 것인지만 생각하고, 크레페가 테이블 위에 놓였을 때는 크레페를 먹는 것에만 집중하던 파리의 노부부처럼. 무언가를 먹을 때 맛을 음미하는 데만 온전히 몰입할 수 있는 삶이란 얼마나 멋지고 행복한 인생인가.

관능적이면서 우아한 파리의 맛

아침 식사를 하기 위해 마들렌 광장에 있는 포숑*Fauchon*(1886년 포숑이 창업한 차, 베이커리, 고급 식료품 등을 판매하는 프랑스 브랜드)으로 향했다. 포숑에 대한 나의 로망은 핑크색 틴 케이스에 담긴 홍차 '파리의 오후*An Afternoon in Paris*'로부터 시작되었다. 이름만으로도 충분히 설레는 파리의 오후는 홍차 베이스에 장미와 시트러스, 바닐라 향이 더해진 가향차다. 관능적이면서 우아한 이 홍차는 파리의 오후를 연상케 했다. 화려하지만 결코 가볍지 않은, 기품 있는 성숙한 어른의 향. 처음 음미했을 때는 진한 장미 향에서 한껏 멋을 낸 원숙한 여인의 모습이 그려지지만, 조금 더 깊이 음미하다 보면 그 이면에는 바닐라와 시트러스 향을 품은 천진난만한 소녀 같은 모습이 숨겨져 있음을 알게 된다.

마들렌 광장을 지나며 생각했다. '나는 어른으로서 어떤 분위기를 풍기고 있는가?' 그때의 나는 매혹적인 어른에 대해 막연한 동경을 품고 있었다. 하지만 모름지기 사람의 분위기란 단기간에 만들어지는 것은 아니다. 인생에서 많은 굴곡과 감정의 계류를 거친 자만이 가지고 있는 품격, 존재만으로 빛이 나는 무언의 에너지가 따로 있으니까. 그때의 내게는 존재하지 않는 것들이었다.

포숑 매장에 도착하니 내부는 사람이 가득해 무척이나 소란스러웠다. '복작거리는 사람들 사이에서 내 말이 잘 전달될까?' 카운터 앞에 선 나는 몇 분 전부터 마음속으로 혼자 되뇌던 몇 개의 짧은 문장들을 간신히 토해내고는 안도의 한숨을 내쉬었다. 혹여 내 영어 발음이 이상해서 못 알아들으면 어떡하지 하고 걱정하던 마음도 내쉬는 숨과 함께 안개처럼 사라져갔다. 방금 전에 내가 내뱉은 영어와 더불어, 불어, 중국어, 일본어 등 여러 언어가 뒤섞여 매장 안에는 활기가 넘쳤다. 이런 활발한 아침이 긴장도 되고 조금 낯설기도 하면서, 또 한편으론 그동안은 알아차리지 못했던 이름 모를 세포들이 생기를 되찾은 듯 내 안에서 작은 흥분이 일었다.

내가 주문한 메뉴는 그리스식 해덕(훈제 대구) 샐러드와 각종 베리가 잔뜩 올라간 타르트, 그리고 카페 알롱제였다. 나는 트레이에 담긴 음식을 받아 들고 테라스로 나왔다. 소란스러운 내부와 달리 테라스는 비교적 한산했다. 한차례 소나기가 내린 후라서 그런지 눅진한 공기가 감돌았다. 물기 머금은 바람에서는 흙냄새가 났다. 카페 알롱제를 몇 모금 마신 다음 고

개를 들어 마들렌 광장의 풍경을 바라보았다. 포숑의 나무 울타리 너머로 오토바이 여러 대가 주차되어 있었고, 그 앞으로 다양한 국적의 사람들이 지나갔다.

파리에서 맞이하는 이국적인 아침이 어쩐지 근사하게 느껴졌다. 카페 알롱제는 한국에서 매일 아침 마시는 커피와 별반 다르지 않았지만, 익숙한 맛이 주는 평온함이 꽤 좋았다. 커피를 한 모금 마신 후 그리스식 샐러드를 맛보았다. 부드러운 생선과 풋풋한 채소. 신선한 샐러드가 나의 미각을 기분 좋게 어루만졌다. 흰 살 생선의 보드라움과 채소의 향긋함이 커피와 어우러지니, 기쁨의 탄성이 나왔다.

프랑스에서 먹는 그리스식 샐러드는 조금 특별했다. 맛이 더 좋았다기보다는 특별한 기분을 느끼게 해주었다고 하는 게 맞는 것 같다. 그날 나는 평소와는 달리 밥을 습관처럼 먹지 않고, 음미하면서 먹었다. 나는 지난날과 다르지 않은 똑같은 나인데, 미각을 자극하는 새로운 경험 하나로 이토록 잔잔한 평화를 느낄 수 있다니. 마치 내가 특별한 사람이라도 된 것만 같았다.

커피로 입가심을 한 다음, 타르트 한 조각을 크게 떠서 입안에 넣었다. 라즈베리, 블루베리, 무화과의 상큼한 단맛이 가득 퍼지며 자연스럽게 얼굴에 기분 좋은 미소가 번졌다. 톡톡 터지는 과일 알갱이들이 입 속에서 서로 뒤엉키며 춤을 추었다. 아주 신나는 캉캉이었다. 경쾌한 맛이 났다.

기분 좋은 아침 식사를 마치고 마들렌 성당으로 걸어가면서, 오는 길에 떠올렸던 어른의 분위기에 대해 생각했다. 나이가 들어도 늙지 않는 프랑스 여자에 관한 책을 읽은 적이 있는데, 저자는 프랑스 여자가 생각하는 진정한 아름다움이란 건강한 식단과 억지스럽지 않은 매력에서 나온다고 말했다. 그의 말에 따르면 한 인간의 품격은 단순히 겉모습에만 국한되지 않으며, 신선한 음식을 챙겨 먹는 습관은 물론, 건강한 마음가짐을 가지고 삶에서 지적인 관능을 추구할 때 쌓여가는 것이다.

그리스 신전 같은 웅장한 마들렌 성당 앞 계단에 앉아 나는 이런 생각을 했다. 매혹적인 어른의 분위기란 지적인 관능을 통해 형성된 자신감에서 나오는 게 아닐까. 어쩌면 그 분위기는 인생에서 다양한 경험과 사색을 거치면서 얻은 풍부한 감각에서 나오는 것일지도 모른다. 계단에 앉아 아래를 내려다보니 경쾌한 마들렌의 아침 풍경이 한눈에 들어왔다. 내 볼을 스치는 보드라운 바람이 나뭇잎을 사락사락 가볍게 흔들었고, 도로 위를 가득 메운 자동차는 어딘가를 향해 분주하게 달리고 있었다. 그리고 내 옆에는 배낭을 멘 이국의 사람들이 삼삼오오 모여 지도를 들여다보고 있었다.

솔직하고 자유롭게, 카페 필로에서 철학 한잔

파리를 껴안은 오후 3시의 빛은 아름다웠다. 햇살의 따스함에 녹아든 나는, 파리의 일부가 되어 빛을 온전히 받아들이고 있었다. 눈부시게 빛나는 거리를 한참이나 거닐다가 잠시 쉬고 싶다는 생각이 든 그때, 도로 건너편에 빨간 차양을 드리운 노천카페가 보였다.

나는 햇살을 피해 카페 안쪽 창가 자리에 앉았다. 소파에 등을 기댄 채 메뉴판을 읽어 내려갔다. 웨이터가 다가와 물 한 잔을 두고 갔다. 메뉴판을 잠시 내려놓고 먼저 목을 적셨다. '아 이제야 살 것 같네.' 메뉴판을 다시 집어 들고 피로와 갈증을 해소시켜줄 무언가를 찾았다. 달콤하고 상큼한 디저트를 먹고 싶었다. 쇼콜라 케이크가 눈에 들어왔다. 충분히 기운을 회복하고도 남을 단 메뉴임이 틀림없었다. '뭔가 상큼한 게 마시고 싶은데…….' 함께 곁들일 음료로 싱싱한 야채주스를 주문했다. 주문하고 보니 어색한 조합이라 피식 웃음이 났다. 쇼콜라 케이크에 야채주스라니. 케이크에는 커피라는 생각이 있던 터라 나로서도 이런 선택이 조금 낯설게 느껴졌다. 사람이란 때때로, 예상에 없던 전혀 다른 선택을 하기도 하니까. 이것 또한 여행의 묘미라고 할 수 있을 것이다.

테이블 위로 팔꿈치를 고정시켜 놓은 채 양쪽 손가락 끝을 서로 붙이고는 창밖을 바라보았다. 테라스에서 한낮의 맥주를 즐기는 사람들이 눈에 들어왔다. '날도 더운데 나도 맥주를 시킬 걸 그랬나?' 하는 후회가 밀려들 때쯤, 찰나의 생각이 무색하게 주문한 음식이 테이블 위에 놓였다. '맥주는 이따 집에 가서 마시지 뭐.' 한눈에 봐도 진해 보이는 쇼콜라 케이크 한 점을 크게 떠서 입으로 가져갔다. 내가 그토록 원하던 진한 단맛이 지친 기분을 싹 녹여주었다. 꾸덕꾸덕한 식감이 맛을 한층 업그레이드해주는 것 같았다.

이번에는 야채주스로 눈을 돌렸다. 투박한 유리잔에 담긴 빨간색의 걸쭉한 주스가 보였다. 빨간 테이블보와 하나로 이어져 있는 것 같았다. 이러한 일체감은 내게 케이크와 주스를 가져다준 한 남자, 카페 웨이터에게까지 이어졌다. 고개를 돌려 왼쪽 창밖으로 시선을 던졌을 때 나는 그와 눈이 마주쳤고, 그의 시선 또한 잠시 나에게 머무르는 듯 보였다. 그 찰나의 순간, 나는 그가 메고 있던 빨간색 넥타이에 시선을 고정했다. 내 시선에 세 개의 붉은 오브제가 들어오자 알 수 없는 묘한 쾌감이 느껴졌다. 빨간색 테이블보, 빨간색 주스, 빨간색 넥타이. 이 세 개의 지점이 보이지 않는 선으로 연결되었을 때 나는 이것이 일종의 세렌디피티*serendipity*라고 생각했다. 완전한 우연으로부터 발견한 뜻밖의 재미. 의도치 않은 것들이 서로 연결되어 조화를 이루는 장면 속에서 나는 작은 기쁨을 느꼈다.

야채주스를 마시며 그를 응시했다. 새하얀 셔츠와 앞치마, 검은색 조끼, 그 위에 맨 빨간색 넥타이. 담백한 블랙과 화이트 위에 놓인 강렬한 빨간색은 어쩐지 섹시하기까지 했다. 내가 작은 눈빛만 보내도 그는 빠르게 움직여 문제를 해결해주었다. 몸에 밴 것 같은 민첩하면서도 정제되고 세련된 움직임은 오랜 세월 쌓아온 그의 경력을 보여주는 듯했다. 어쩌면 그런 감각은 노련한 직업인에게서만 나오는 자연스러운 움직임이 아닐까.

그러고 보니 파리 카페에는 나이가 지긋한 중년 남성의 웨이터들이 많은 것 같다. 무심한 듯하면서도 섬세하고, 진지한 듯하면서도 유머를 즐기는 그런 어른들. 문득 이런 생각이 들었다. 파리 카페는 어른을 위한 장소가 아닐까? 생각과 감정을 자유롭게 나누는 곳. 타인의 시선을 의식하지 않고 자신이 느낀 바를 드러내는 솔직한 어른의 공간. 이들은 감정을 나누는 것에 거부감이 없고, 누구에게도 아첨하지 않는다. 이는 자신의 생각을 서슴없이 발언할 수 있는 곳인 '철학 카페'를 보면 알 수 있다.

프랑스 철학계에는 철학에 관심 있는 사람들이 카페에 모여 자유롭게 토론하는 '카페 필로' 문화가 있다. 철학 카페의 창시자인 프랑스 철학자 마르크 소테는 어렵게만 느껴지는 철학을 일상에서 더 쉽게 접근할 수 있도록 국적, 종교, 문화, 성별, 나이 등과 상관없이 타인의 눈치를 보지 않고 편하게 자기 생각을 나누는 자리를 마련했다. 특별한 장소가 아닌, 누구라도 쉽게 접근할 수 있는 곳에서 '거리의 철학'을 추구한 것이다.

파리 마레 지구에는 '카페 데 파르*Café des Phares*'라는 철학 카페가 있다. 이 카페에 모인 사람들은 틀림*Wrong*이 아닌 다름*Different*을 인정하는 프랑스의 톨레랑스*Tolerance* 정신을 근간으로, 다양한 주제를 놓고 열띤 대화를 펼친다. 일요일 아침 10시, 철학자와 비슷한 지적 수준을 가진 사람들이 이 톨레랑스를 만끽하기 위해 카페 데 파르로 몰려든다. 그리고 그렇게 모인 사람들은 철학에 대해 거리낌 없이 의견을 주고받는다.

카페 필로의 열정은 극장에서도 피어났다. 파리 MK2 극장에서는 매주 월요일, 철학 세미나가 열린다. 철학과 형이상학, 윤리학, 인문학 등의 주제를 놓고 극장에서 세미나를 개최한다는 것이 처음에는 조금 생소하게 느껴졌지만, 이 또한 내 편견에서 비롯된 것임을 후일 알아차리게 되었다. 사람들은 극장에 모여 그날의 주제에 대해 자유롭게 질문하고, 자기 생각을 말한다. 내 의견을 여과 없이 드러내며 타인과 깊이 교류하는 것은 철학 속에서 온전한 자유를 실현하는 것이다. 이처럼 생활에서 철학을 접할 때 사람들은 나는 누구인가, 나의 영혼은 어떤 소명을 위해 이 생에 왔는가 등 자기 정체성에 대해 진지하게 질문을 던지고 사색하게 된다. 나를 생각한다는 것은 어쩌면 나를 이해하는 시간을 갖는다는 의미일지도 모른다. 있는 그대로의 나를 받아들이고, 믿고, 기다려주는 시간을 갖는 것일지도 모른다. 그리고 철학은 이런 생각과 사색을 돕는다.

파리 카페에서 여유를 즐기고 돌아온 후 나는 나에 대해 자주 생각했고, 자주 사색했다. 돌이켜 생각해보면 나는 늘 타인을 의식하며 살아왔다. 어두운 감정을 비로소 인식하고 뒤를 돌아보니, 타인을 위한 배려라는 멋진 포장 속에는 내 비겁한 마음이 숨어 있었다. 어떻게 하면 지금의 나에게 집중하며 살아갈 수 있을까? 그래서 철학에 가까이 다가서 보기로 했다. 거창한 학문 같은 철학이 아니라 누구라도 쉽게 접근할 수 있는 캐주얼한 철학에. 내가 정의하는 '캐주얼 철학'이란 생각하고 느끼는 그대로를 저항하지 않고 받아들이는 것, 올라오는 감정을 알아차리기 위해 마음을 쓰고 연습하는 것이다.

불편한 감정들은 꾹꾹 눌러 담기에 바빴던 지난 삶을 뒤로 하고, 올라오는 모든 감정들을 있는 그대로 인정하고 바라보았다. 그러자 흐리멍덩했던 눈빛이 조금씩 반짝거리기 시작했다. 짙은 갈색 눈동자에 황금색 띠를 두른, 철학자의 눈빛이었다.

마카롱에 물든 마음

상젤리제 거리를 걷고 있는데 파스텔 프레임에 둘러싸인 커다란 창문이 눈에 들어왔다. 오래된 역사를 자랑하는 마카롱 전문점 라뒤레*La Durée*였다. 나는 이끌리듯 다가서서 창문 너머 진열장을 한참이나 들여다보았다. 세 개의 선반 위에 연보라색 리본으로 묶은 민트색 선물 상자, 또 반대로 민트색 리본으로 묶은 연보라색 선물 상자가 켜켜이 쌓여 있었고, 그 옆에는 낱개의 마카롱과 마카롱 트리, 몇 개의 귀여운 오브제들이 흩어져 있었다. 화사한 파스텔 컬러에서 청춘의 훈기가 느껴졌다. 나는 그 느낌이 너무 좋아서, 동화 같은 마카롱의 자태를 멍하니 바라보았다. 투명한 유리창에 그런 내 모습이 슬며시 비쳤다.

어렴풋한 회색 그림자를 마주 보던 순간, 시간이 이상하게 흐르는 것 같았다. 창문을 기점으로 바깥에 있는 나는 현재의 나, 창문 너머에 있는 나는 꼭 과거의 나인 것처럼.

그때 내 안 깊숙이 묻어두었던 질문이 불쑥 올라왔다. '지금 유리창에 비치는 네 모습이 행복해 보이니?' 내 대답은 '전혀 그렇지 않아'였다. 씁쓸했다. 내가 원하던 모습이 아니었다. 나는 당당하고 멋진 커리어 우먼이 되고 싶었다. 물론 누군가는 나의 어떤 면을 부러워할지 모르겠지만 내가 바라보는 나의 모습은 그렇지 않았다. 겉은 멀쩡해 보여도 속은 텅 비어 있었다.

꿈을 이루기 위해서 인내하며 기다리던 시절이 있었다.

초반에는 모든 것이 다 잘될 것이라는 맹목적인 희망이 있었지만, 번번이 실패를 경험하면서 희망에 내어줄 자리가 점점 작아져 갔다. 어떨 때는 희망이 또 다른 채찍처럼 느껴지기도 했다. 기대하고 바라는 마음이 커지면 커질수록 실망감도 그만큼 크다는 걸 알게 되었을 때, 꿈의 세계는 쓴맛으로 가득해졌다. 지난한 삶이었다.

안타깝게도 그때의 나는 주어진 상황의 앞면만 보고 뒷면은 보지 못했다. 빛을 등지고 서 있는 상태였다. 마음의 색깔이 파스텔색에서 무채색으로 변해갔다. 희망을 잃어버린 것에 더해, 나는 이별의 감정 또한 쉽게 떠나보내지 못했다. 몇 년이 지난 그때까지도 계속해서 어두운 면만을 바라보고 있었다.

나는 과거의 기억을 떨쳐내듯 고개를 좌우로 세차게 흔들었다. 과거에서 빠져나와 민트색 프레임의 유리 문을 열고 카페 안으로 들어갔다. 백색과 검은색의 다이아몬드 문양 바닥과 고풍스러운 나무 장식장이 잘 어우러진 공간이었다. 노란 조명이 곳곳에 켜져 있어 아늑했다.

"마카롱 주세요."

점원이 건넨 마카롱을 오물거리며 지난 과거에 매여 살지 않으려면 어떻게 해야 할지 생각했다.

잘게 부서진 마카롱 조각은 나의 온몸 구석구석을 돌아다니며 그 밝은 빛깔을 내 안에 전염시키려는 달콤한 꾀를 부리고 있었다. 그 덕분에 잊고 있던 내 마음 속 파스텔색의 밝은 무언가가 살포시 모습을 드러냈다. 구름에 감춰져 있던 밤하늘의 달빛이 아스라이 번지듯이. 아주 잠시, 호기심과 모험심으로 가득했던 그 시절, 모든 것이 봄의 정기처럼 통통 튀어 오르던 나의 푸른 날들이 머릿속에 펼쳐졌다. 절망의 늪에 빠져 있는 현재의 나에게 마카롱은 부드럽고 은밀하게 속삭였다.

'속는 셈 치고 다시 한번 꿈꾸고, 다시 한번 사람들과 마음을 주고받아 봐.'

설마 하는 의심이 올라왔지만 다시금 이전처럼 생의 기쁨을 느껴보고 싶은 충동이 일었다. 불현듯 예전에 친구가 말해주었던 '시절인연時節因緣'이라는 단어가 떠올랐다. 모든 사물의 현상은 시기가 되어야 나타난다는 불교 용어. 그때가 아니면 경험할 수 없는 일들이 있고, 반드시 일어나야 할 일들이 있다. 그러니 지나간 일을 비탄해하며 앞으로 나아갈 힘을 상실하지 말고, 그저 일어날 일이 일어났을 뿐이라고 생각하면 된다. 그러면 된다.

나는 나에게 줄 수 있는 아름다운 위로의 말을 늘어놓으며 간신히 밝아진 마음을 유지하려 무던히 애를 썼다.

내 안에 그림자가 드리워진 이유는, 달빛을 구름 속에 감춰둔 이유는, 다 나름의 까닭이 있을 거야. 어쩌면 세상이 나에게 묻고 싶은 말이 있었는지도 모르지. 삶이 나에게 어두운 커튼을 드리운 이유는 분명히 존재하고, 그 이유를 찾아내서 커튼을 여는 것이 이번 삶에 주어진 미션일지도 모르고 말이야. 그래야 인생의 챕터가 바뀔 수 있을 테니까. 스스로가 어둡다고 느낀다면 그건 기회일지도 몰라. 지금의 챕터를 덮고 다음 챕터로 나아갈 새로운 기회.

사르르 녹아내리는 몽블랑과 눈 덮인 산

사람이 붐비는 곳이나 줄을 서는 곳이라면 잘 가지 않던 나였지만 이곳에서는 달랐다. 긴 기다림도 감수할 수 있었던 장소는 바로 튈르리 정원 가까이에 위치한 카페 안젤리나였다. 줄은 카페 안은 물론 바깥까지 길게 이어졌다. 음표가 악보 위에 늘어서 있는 것처럼 줄은 때로는 높게, 때로는 낮게 변주를 반복하고 있었다. 어느덧 내 차례가 다가왔다. 웨이트리스의 뒤를 따라 나무로 된 계단을 천천히 올라갔다. 그녀는 2층의 어느 동그란 테이블로 나를 안내했다. 메고 온 하얀색 백팩을 남은 옆자리에 올려놓고, 시선을 메뉴판으로 옮겼다. 몽블랑에서 시선이 한 번 멈추고, 카페오레에서 두 번 멈췄다.

기분 좋은 선택을 한 후에 주위를 둘러보았다. 모두들 나와 비슷한 감정을 느끼고 있는 것처럼 보였다. 좋아하는 것을 맞이하기 직전의 감정. 서로를 깊이 알기 전에, 탐색하는 과정에서 느낄 수 있는 행복.

내 자리 앞의 고풍스러운 창문 난간 사이로 줄을 기다리는 사람들이 보였다. 카탈로그를 구경하는 사람, 눈빛으로 사랑을 나누는 연인, 서로에게 무심한 듯 어슷하게 서 있는 노부부, 그리고 나처럼 혼자인 사람들이 카페의 일부가 되어 밝게 빛나고 있었다. 모두 같은 목적으로 줄을 서 있는 사람들이었지만 멀리서 바라보는 그들의 풍경은 제각각 달랐고, 제각각 아름다웠다. 나도 방금 전까지는 그들 중에 있는 누군가였다. 창밖을 바라보며, 나는 사색했다. 기다림마저 즐길 수 있는 사람이 보는 삶의 풍경은 끝만 바라보는 사람과는 다르지 않을까? 줄이 짧아지기만을 기다리는 삶보다 줄이 길더라도 그 속에서 기쁨을 발견하는 삶이야말로 온전한 나로 사는 것 아닐까? 그것이 설령 눈에 보이지 않는 기다림이라 할지라도.

나의 기다림의 끝에는 미각의 기쁨이 기다리고 있었다. 밤 크림이 담뿍 올라간 몽블랑과 풍미 있는 카페오레. 이 둘의 조합은 벨벳처럼 부드럽고, 봄의 햇살처럼 따사로웠다. 인위적인 단맛이 아닌, 저절로 두 눈이 감기는 편안한 단맛. 긴장했던 마음이 사르르 녹아들고 몸이 이완되었다. 안도의 한숨이 터져 나왔다.

맛을 음미하던 와중에 지금 내가 보고 있는 장면이 어쩐지 하나의 작품처럼 느껴졌다. 테이블 위에는 하얀 도자기로 만든 찻잔과 소서가 있었고, 말린 장미색 테두리가 둘러진 접시에는 안젤리나*ANGELINA*라는 글씨가 테두리와 동일한 색상으로 각인되어 있었다. 따듯하고 부드러운 색감이었다. 이 말린 장미색은 카페 내부 곳곳에서 보였는데, 브랜드의 정체성을 잘 녹여낸 색깔 같았다. 안젤리나가 소리 없이 전달하고 있는 무언가는 가야 할 방향을 정확히 알고 있는 듯했다. 그리고 그런 무언의 메시지가 나를 건드렸다.

커피 잔의 가장자리를 검지 손가락 끝으로 훑으며 이런 질문을 던졌다. '내 삶의 의미는 어디에서 찾을 수 있지?' 여태까지의 생을 돌아보니 내가 그동안 그저 흘려보내기만 했던 욕망들이 필름처럼 스쳐 지나갔다. 내가 욕망이라 부르던 것들은 얼마 가지 못해 사그라들었고, 불타오르던 의지는 식어버렸다. 모든 것이 흰 눈이 덮인 산속으로 고요히 침잠해버렸다. 그때의 내 상황이 딱 그러했다. 삶의 의미를 찾지 못한 영혼이 갑작스러운 추위에 어쩔 줄 몰라서 헤매다가, 결국 깊은 겨울잠에 빠진 것이다. 내 생각도, 감정도, 내 안의 모든 것이 어깨를 잔뜩 웅크린 채 최대한 작게, 작게, 한데 엉겨 붙어버린 듯한 느낌이었다.

몽블랑은 내게 슬픈 기쁨을 가져다주었다. 미각의 기쁨과 함께 영혼의 굶주림을 인식하게 했으니까. 농후한 밤 크림을 입 안에 가득 담았을 때 느꼈던 행복도 잠시, 나는 춥고, 배고프고, 메마르며, 앙상한 내 상태를 알아차렸다. 마치 신경 쓰지 않으면 자멸해버리는 예민한 식물처럼 내게는 관심과 사랑이 필요했다. 이런 나를 구원할 수 있는 것은 오직 나 자신뿐이었다.

그때 나에게 필요했던 것은 눈 덮인 듯 웅크려 있는 그 시간이 영원히 정지된 상태가 아니라는 말이었다. '몽블랑*Mont Blanc, White Mountain*(흰 눈이 덮인 산)'은 내게 말했다. 다시 올 것 같지 않은 봄날도 겨울의 다음 계절이며, 다시 볼 수 없을 것만 같던 태양도 짙은 밤이 지나면 푸르스름한 새벽의 빛을 낼 것이고, 죽음은 생의 종말이 아닌 부활이자 새로운 삶의 시작이라는 것을.

눈 덮인 산의 풍경을 보면, 겉으로는 모든 것이 눈에 파묻혀 죽은 것처럼 고요하지만, 나무들은 끊임없이 호흡하고, 명상하며, 다음 계절을 준비한다. 어쩌면 눈 속에 갇힌 시간이야말로 삶의 의미와 본질을 탐색할 수 있는 절호의 기회일지도 모른다. 영혼의 겨울은 고독하기 그지없지만 온전히 나를 들여다볼 수 있는 시간이다. 나를 얼어붙게 만드는 혹독한 상황이 계속해서 찾아올지라도 그것을 피하지 않고 맞서 싸울 수 있는 용기, 담대함, 침묵의 예술을 통해 나는 온전한 생의 기쁨을 찾을 것이다.

그리고 내가 한때 삶의 여정에서 '설산'에 머물렀다는 사실을, 결코 잊지 않겠다.

한낮의 와인과 에스카르고와 밀푀유

몽소 공원에서 빠져나와 파리 8구를 거닐면서 생각했다. '이 동네, 나랑 조금 닮은 것 같아.' 관광객으로 붐비던 파리의 화려한 장소와는 달리 어쩐지 고독한 분위기마저 느껴지던 거리는 한적한 정취를 자신만의 매력으로 삼은 것 같았다. 책이나 사진을 보며 예상했던 파리의 얼굴과는 또 다른 인상을 풍겼다. 내가 느낀 8구는 고풍스럽지만 현대적이고, 쓸쓸하지만 생기 있고, 고상하지만 세련된 곳이었다. 언젠가 파리에 살게 된다면 이곳에서 살고 싶다는 생각이 순간적으로 스쳤다. 파리 8구에서 형언할 수 없는 특별한 매력을 느낀 것이 틀림없었다. 살면서 만난 지 얼마 되지 않아 사랑에 빠질 만한 대상은 그리 많지 않은데, 그 몇 안 되는 대상 중 하나를 찾은 것 같아 신기했다. 그런데 그때, 어떤 기억 하나가 떠올라 내 안에서 작은 파동을 일으켰다.

이십 대에 순수하게 사랑했던, 몇 번의 계절을 함께했던 연인을 처음 마주했을 때의 감각. 머리로는 이해할 수 없는,

오로지 가슴으로 표현할 수밖에 없는 그런 감정이 지나간 기억 속에서 잠시 되살아나는 듯했다. 괜찮은 면을 찾기 위해 굳이 오랜 시간을 투자하지 않아도 되는, 단박에 가치를 알아볼 수 있는 대상을 파리에서 다시 마주하게 될 줄이야.

이 순간이 더없이 소중하고 특별하게 느껴졌다. 지나고 나면 이 순간에도 금세 과거라는 이름표와 추억이라는 훈장이 달릴 것을 알기에 조금은 조바심이 났다. 그렇다면 뭔가 평소와는 다른 행동을 해야 하지 않을까 하는 생각이 들었다.

고개를 오른쪽으로 돌렸을 때 작은 비스트로 하나가 눈에 들어왔다. 점심시간 직전이라 그런지 가게는 비교적 한산했고, 심지어는 다소 어두운 분위기마저 감돌았다. 가게로 들어가 자리에 앉자, 손님보다 직원의 수가 더 많아서인지 모든 이들의 관심이 나에게 쏠렸다. 나는 멋쩍어서 괜스레 창밖을 내다보면서 사람들의 시선이 걷히길 바랐다. 직원들이 각자의 자리로 흩어졌을 때 그제서야 가게의 풍경이 제대로 눈에 들어왔다. 진한 밤색 진열장에는 흰색 라벨이 붙은 갖가지 와인이 빼곡했고, 천장에는 대형 샹들리에 하나와 소형 샹들리에 다섯 개가 은은한 빛을 내며 그윽한 분위기를 만들어냈다. 어둠 속에서 유일하게 빛을 내고 있는 건 주황색 덮개를 쓴 샹들리에뿐이었다. 내 머리 위로 샹들리에의 가녀린 빛이 떨어지자 마치 모노드라마의 주인공이 된 것만 같았다. 이 공간에 오

직 나만 있는 것 같은 적막한 느낌이 들 때쯤, 한 직원이 다가와 물었다.

"무엇을 드시겠어요?"

나는 가벼운 런치 코스를 선택했다. 코스에는 하우스 와인과 에스카르고(달팽이 요리), 밀푀유, 커피가 포함되어 있었다. 기본으로 제공되는 올리브와 땅콩, 먼저 나온 와인을 맛보며 요리를 기다렸다. 내 앞에 놓인 와인의 붉은빛과 대각선 방향으로 보이는 샹들리에의 주황빛이 조화를 이루었고, 영롱한 빛깔과 눅눅한 재즈, 와인의 취기가 단단한 긴장의 벽을 허물었다.

나른해진 몸을 소파에 묻었다. 가느다랗게 뜬 눈으로 이곳과 반대의 색을 내는 바깥 세상을 바라보았다. 거리를 지나가는 몇몇 행인이 보였다. 옷깃을 세우며 걷는 우수에 찬 남자, 스카프를 바람에 흩날리는 사색하는 여자, 트렌치코트를 휘날리며 천천히 걸음을 옮기는 고독한 여자. 아침과 점심 사이에 와인을 홀짝이며 바라보는 바깥 풍경은 별것 없는 평범한 장면도 특별해 보이도록 만드는 매력이 있었다.

긴장이 완전히 풀릴 때쯤 에스카르고가 나왔다. 달팽이 껍데기는 커다란 유리 접시 가장자리에, 달팽이는 접시 위의 작고 귀여운 빨간 냄비 안에 담겨 있었다. 난생처음 접하는 익숙하지 않은 요리 앞에서 잠시 망설여졌다. '정말 먹어도 되는 걸까?' 하지만 이 생각은 첫입에 사라졌다.

물컹거리면서 쫄깃한 질감이 미끄러지듯 입 안으로 들어왔다. 생각한 것보다 이질감도 없었고 괜찮았다. 먹다 보니 맛에 점점 익숙해져 갔다. 식감이 탱글탱글한 게 조개 같기도 했다. 바질 양념이 적절하게 잘 배어 있어 비릿한 맛도 없었다. 나는 두 눈을 감고 재료 본연의 향을 만끽했다. 개운한 봄바람이 코끝을 스치듯 신선한 바질 향이 느껴졌고, 이어서 고소한 버터의 풍미가 올라왔다. 버터로 입이 느끼해질 때쯤 중간중간 와인을 마시면서 맛의 균형을 찾아갔다. 어느 것 하나라도 혼자 도드라지지 않고, 서로 조화를 이루도록.

메인 식사가 끝나고, 후식이 등장했다. 아몬드 색상의 페이스트리 켜켜이 부드러운 크림을 가득 품고 있는 밀푀유. 꼭대기 층에 하얀 눈이 소복이 내려앉은 듯 슈거파우더가 흩뿌려져 있는 모습이었다. 포크로 두 동강을 내자 페이스트리 파편이 접시 위로 떨어져 내렸고, 안에 있던 크림이 푹 하고 튀어나왔다. 다루기 힘든 디저트였다. 바스러진 밀푀유 한 겹을 맛보았다. 우아한 단맛이 혀와 치아, 목구멍을 스치며 퍼졌다. 이어서 쓴 커피를 마시니 단맛과 어우러지며 만족감이 밀려왔다. 이곳은 나만의 미슐랭 레스토랑이었다.

카운터에서 계산을 하기 전 다시 한번 가게를 둘러보았다. 한 시간 전과는 소리도, 냄새도 모두 달랐다. 테이블 여기저기서 대화 소리와 식기 부딪치는 소리, 신문 펄럭이는 소리가 났다. 비스트로는 어느새 사람들로 가득 채워져 있었고, 고독한 식탁은 이제 그 어디에도 없었다.

말차 같은 시간들

먹색 하늘 아래, 스산한 바람이 부는 날이었다. 그날의 파리는 침울한 기분에 빠진 듯 잿빛을 띠었다. 파리에 체류했던 날 중 대부분이 날씨가 맑았지만, 그날만큼은 그렇지 않았다. 하루 만에 계절이 가을에서 겨울로 바뀌기라도 한 것처럼, 생기 넘치던 도시가 을씨년스럽게 변해갔다. 바람이 세차게 불며 머리 위로 굵직한 빗방울이 후드득 떨어져 내렸다. 먹색 하늘이 짙어질수록 빗방울은 점점 거세졌고, 길에는 여러 물웅덩이가 생겼다. 나는 손으로 비를 막으며 웅덩이를 피해 껑충 뛰었다. 비를 피할 만한 장소를 찾으려고 몸을 한껏 움츠러뜨리고 걷는 속도를 높여갔다. 그런데 주위를 둘러보니 초조해 보이는 사람은 오직 나뿐이었다. 파리지앵으로 보이는 행인들 중에 우산을 쓴 사람은 아무도 없었다. 그들은 비바람 따위 별일 아니라는 것처럼 무심히 나를 스쳐 갔다. 무얼 그리 호들갑을 떠냐는 듯 쳐다보면서.

더 이상 이대로 걷기는 힘들 것 같았다. 손으로 비를 막는 것도 한계가 있었고, 나의 기분에도 한계가 있었으니까. 잿빛의 농도가 진해질수록 나는 점점 더 위축되어 갔고, 조금씩 피어오르던 고독감은 걷잡을 수 없이 커져갔다. 위로가 필요했다. 그때 나는 마침 티 하우스 앞을 지나던 참이었다. 비와 차. 어쩐지 꽤 어울리는 조합이라는 생각이 들었다.

가게 안은 이미 사람으로 가득했다. 나는 카운터로 다가가서 벽에 걸린 커다란 메뉴판을 눈으로 읽었다. 말라 있던 입술을 훔치며 점원에게 말했다. "말차 세트 하나 주세요." 주문을 마친 후 적당한 자리를 찾아 1층 홀 쪽을 둘러보았다. 바깥세상과는 달리 활기를 띤 모습이었다. 하지만 혼자였던 나는 조용히 머물다 가고 싶었다. 몸을 틀어 나무 계단을 밟고 2층으로 올라갔다. 정적을 찾아, 침묵을 찾아, 그리고 평화를 찾아. 애써 2층으로 올라온 보람이 있었다. 혼자인 사람들이 듬성듬성 앉아 있었다. 나는 그 모습에 안도감을 느꼈다. 나만 혼자가 아니었구나. 커다란 유리창 밖으로 시선을 던지니 여전히 비를 맞으며 성큼성큼 걸어가는 파리지앵이 보였다. 그들은 가면을 바꿔 쓰듯 맑음과 흐림 사이를 왔다 갔다 하는 변덕스러운 파리 날씨에 면역이 된 것일까? 날씨의 영향을 많이 받는 나로서는 그들의 태도가 그저 신기할 따름이었다. 나는 평소 맑은 날에는 기뻐하고, 흐린 날에는 먹색 하늘에 기력을 빼앗기기라도 한 듯 풀이 죽어 우울해하곤 했다. 파리에서의

흐린 날도 별반 다르지 않았다. 나는 외롭고, 적적했다.

적막함 속에 놓인 것은 나와 말차, 화과자 한 점뿐이었다. 나는 투박하고 넓적한 말차 다완을 양손으로 감싸 쥐고 후루룩후루룩하는 소리를 내며 차를 세 번에 나누어 마셨다. 싱그러운 풀 향이 코끝을 스치며 입 안 가득 고소한 맛이 났다. 그리고 이내 따듯하고 편안한 온기만이 입 안에 남았다. 연둣빛의 말차가 쓸쓸한 기분을 조금은 위로해주었는지 잠시 동안 입가에 미소가 번졌다. 서늘한 날씨로 차가워진 내 마음이 차의 온기로 조금씩 녹고 있었다.

말차의 씁쓸함을 달래주기 위해 화과자를 집어 들었다.

쓴맛 위에 더해진 화과자의 농밀한 단맛이 말차의 흔적을 부드럽게 감싸 안았고, 이내 입 안에서 사르르 녹아내렸다. 나는 이런 당糖의 매력을 '어른의 단맛'이라고 부르고 싶다. 이 맛은 셀 수도 없이 많은 감정을 삶에 녹여내며 살아온 어른이 오랜 고난 끝에 맛보는 기쁨을 닮은 단맛이다. 나는 그동안 얼마큼의 쓴맛과 단맛을 느꼈을까? 모르긴 몰라도 쓴맛의 비중이 훨씬 강했다는 것만큼은 잘 알 것 같았다. 그리고 차 한잔의 여유를 즐기고 있는 지금이 바로 그 단맛의 순간이라는 것도.

인생의 목표라고 여기던 것들을 모두 얻었을 때, 그 단맛의 기운은 과연 얼마나 지속될까? 만족할 만큼의 부와 명예를 얻으면 매일 행복하다고 느낄 수 있을까? 나는 바로 선명한 답을 내놓지는 못했다. 그 상황을 아직 겪어보지 못했다는 이유도 있지만, 꼭 그렇지만은 않을 거라는 생각이 들어서였다. 나는 비가 그칠 때까지 금방 답할 수 없는 여러 질문을 늘어놓으며 하염없이 창밖을 바라보았다.

그날로부터 몇 해가 흐른 지금, 인생의 쓴맛은 내 몸 구석구석에 흔적을 남겼다. 또래 친구들보다 더 일찍 얻은 흰머리와 눈에 띄게 준 머리숱, 얼굴 곳곳에 있는 주름, 스트레스로 인해 검게 변해버린 피부 반점까지, 나는 그 흔적들 속에서 지난 시간을 훑어보았다.

파리 이후의 삶은 쓴맛이 절정에 도달했던 시기였다. 이상하리만큼 무기력했던 날을 지나며 나의 분위기는 이전과는 다르게 바뀌어가고 있었고, 나 또한 한창 그에 적응하고 있었다. 그런 내가 낯설었고, 그런 나를 마주하는 자체가 참 힘들었다. 한번은 통역사들과 함께 콘퍼런스 회의장에서 이런저런 대화를 나누던 중에, 처음 보는 통역사가 내게 말을 걸어왔다. 그런데 나와 그녀 사이에 다른 사람이 앉아 있어서 말이 잘 들리지 않았다. 나는 손바닥을 내 귀에 가져다 대며 말했다. "네? 잘 안 들려요." 공식 행사의 모든 세션이 다 끝나고 무대에서는 화려한 조명 아래 유명 가수의 축하 공연이 펼쳐지고 있었다. 그녀는 얼굴을 조금 더 가까이 대고 다시 한번 말했다. "분위기가 미국 교포 같아요. 뭐랄까, 성숙한 어른 느낌? 일본어보다는 영어를 잘하실 것 같았거든요. 그런데 일본어를 하신다니 반갑기도 하면서 속으로 좀 놀랐어요." 그러자 다른 누군가가 끼어들어 말했다. "제가 보기에는 일본어를 하실 것 같은 느낌이 드는데요, 왜." 또 다른 누군가는 이렇게 말했다. "얼굴에서 하와이 느낌이 나요."

언어를 다루는 직업을 가진 우리는 누군가의 분위기를 말할 때 그 나라의 언어와 연관 지어 생각하는 버릇이 있었다. 다들 서로의 분위기에 대해 대화를 나누고 있을 때, 나는 '성숙한 어른'이라는 표현을 계속 곱씹고 있었다. 성숙한 어른 느낌이 난다는 건 뭘까? 불과 1년 전만 해도 나는 풋내 나는 어른이라고 생각했는데, 그사이 대체 무슨 일이 있었던 걸까? 잠시 뒤, 비 오는 파리에서 차를 마시던 순간이 떠올랐다. 그리고 숱하게 겪었던 쓰디쓴 시간들이 그 위로 겹쳐졌다. 어쩌면 말차 같은 삶의 쓴맛이 내게 천천히, 아주 오랫동안 스며들어 나를 더 단단하게 해준 게 아닐까? 그리고 그 단단함이 나를 성숙해 보이게 만든 건 아닐까? 많은 생각들이 스쳐 지나갔다.

파리에서 쓴맛 후 오는 단맛을 경험했듯이, 앞으로 나의 삶에서 궁극적인 단맛, 더 고차원적인 단맛, 어른의 단맛이 다가올 것을 이제는 분명히 안다.

성숙한 어른의 얼굴이 대체 어떤 느낌일지 머릿속으로 그려봤다. 만면에 뜨거운 태양의 흔적이 짙게 깔린, 세상에 데인, 달궈진 대로 달궈진, 그래서 더욱 단단해진 얼굴. 그리고 거울을 들여다봤다. 쓴맛으로 단련된 내 얼굴은 어떤지, 어떻게 변해가고 있는지 궁금해서.

미지근한 와인 대신 시원한 맥주를

파리에서 산책을 할 때 대개 오후 서너 시쯤 되면 그렇게 갈증이 났다. 그럴 때마다 나는 가까운 곳에 시원한 맥주를 마실 수 있는 밥집이나 술집이 있는지 찾으려고 두리번거렸다. 하지만 이 고상한 도시에서 가볍게 맥주 한잔 즐길 수 있는 장소를 찾기란 그리 쉬운 일은 아니었다. 내가 원했던 건 힘주지 않은 소탈한 분위기였으나, 산책길에서 발견한 가게는 대부분은 지나치게 멋스러웠다.

퐁피두 센터에 다녀오는 길이었다. 오래 걸은 탓에 많이 지쳐 있었고, 그날도 어김없이 입 안이 바싹 마르는 갈증이 찾아왔다.

"시원한 맥주 한잔하면 소원이 없겠네."

파리의 나른한 오후에 입버릇처럼 튀어나온 말이었다. 이미 머릿속은 맥주로 가득 차 있었다. 갈증도 갈증이지만, 그날따라 유독 파리에서 먹은 음식과는 반대되는 것들이 못 견디게 그리웠다. 느끼한 버터가 아닌 구수한 된장이, 미지근한 와인이 아닌 차가운 맥주가 당기는 날이었다.

조금 걷다 보니 왁자지껄한 골목길이 등장했다. 그곳에 허름한 간판의 술집이 하나 있었다. 검은색 한자를 휘갈겨 쓴 빨간 등불이 달려 있는 일본 풍 선술집이었다. 이제 막 오픈한 가게는 비교적 한산해 보였고, 어두운 공간에 테이블이 흐트러지듯 놓여 있었다. 내가 찾던, 반듯하지 않은 술집이었다. 나는 그 술집 테라스에 자리를 잡고 앉았다. 자리에 앉자마자 하루 종일 고된 업무에 지쳐 퇴근한 회사 부장님처럼 맥주 한 병을 주문했다. 파리에 있는 가게답게 맥주를 시켰는데 허리가 잘록한 와인 잔이 나왔다. 황금빛 밀밭이 연상되는 맥주를 와인 잔 가득 따라 목구멍으로 넘겼다. 벌컥대며 들이키자 세차게 밀려드는 맥주로 인해 목젖이 따끔거렸다.

맥주가 주는 청량감이 그간 누적되었던 산책의 피로와 갈증을 날려버렸다. 나는 다시금 생기를 되찾기 시작했다. 그제야 테라스 너머의 풍경이 눈에 들어왔다. 피자와 파스타를 파는 이탈리안 레스토랑에는 여유를 즐기는 손님들이 넘쳐났고, 그 옆의 카페에도 활기가 가득했다. 여러 국적의 사람들이 밀물과 썰물이 교차되듯이 가게 사이로 빠져나갔다가 밀려 들어오기를 반복했다. 그리고 이따금 그들 중 누군가와 눈이 마주쳤고, 그 또는 그녀는 나를 몇 초간 지그시 바라보았다. 텅 빈 가게에서 혼자서 한낮의 맥주를 즐기는 동양인 여자가 신기하다는 듯이.

배가 고팠다. 허기를 느낀 나는 초밥과 만두 그리고 꼬치구이 몇 점을 주문했다. 몇 분이 지나 점원이 테이블 위에 주문한 음식을 하나둘 가져다 놓았다. 나는 잠깐이지만 실망한 마음을 숨길 수 없었다. 한눈에 봐도 윤기라곤 찾아볼 수 없을 정도로 말라 비틀어진 음식이었다. 손님이 없는 것이 이해가 될 만한 생김새였다. 그런데 이내 조금 웃음이 났다. 내가 그 가게에 이끌리듯 들어갔던 건 어쩌면, 내가 그러한 상태, 그러한 분위기의 사람이었기에 가능한 일이었을지도 모른다. 그때의 나는 잠시나마 어떤 것과도 어울리지 않고 홀로 있는 시간이 필요했으니까.

가볍게 식사를 마치고 계산을 하기 위해 카운터가 있는 내부로 들어갔다. 다소 어둡고 잔잔한 공기가 깔려 있는 그곳에는 점원의 얼굴이 보일 듯 말 듯 희미하게 존재하고 있었다. 의지와 활력을 잃은 듯한 그들의 표정을 뒤로하고, 나는 가게를 나섰다.

취기 어린 상태로 다시 거리를 걸었다. 황금빛 맥주의 기운 때문이었는지 모르겠지만, 눈에 보이는 모든 것들이 선명한 색채를 띠며 생생하게 살아 움직이는 것처럼 느껴졌다. 회색 니트에 주황색 스웨터를 어깨에 걸친 중후한 노신사가, 얼굴 가득 새카만 턱수염을 기른 청년이, 귀여운 강아지와 함께 걸어가는 갈색 머리의 아가씨가, 비닐봉지를 손에 늘어트린 중년 남성이, 힘 있게 걸어가는 근육질의 남자가 나를 스쳐 지나갔다.

파리 제4의 감각

Aesthetic Sense of Paris

후각

내 코에 스며든 파리의 냄새

파리의 공기를 들이마시는 건
내 움츠린 영혼을 보듬는 것과 같다.

수프에 기대는 밤

잠이 잘 오지 않는 밤이었다. 도시의 영혼만이 어슴푸레 모습을 드러낼 무렵, 나는 나른한 기분을 느끼며 거실 소파에 앉아 있었다. 멍하니 창밖을 바라보는데 배 속이 허했다. 이대로 잠들기는 힘들 것 같은 예감에 커피포트에 물을 데우고 며칠 전 슈퍼에서 사 온 인스턴트 수프를 꺼냈다. 고운 수프 가루를 뜨거운 물에 녹이니 푸근한 향이 공기를 덥혔다. 3분 후, 아주 간단한 프랑스 가정식 요리가 완성되었다.

잠들지 못했던 그날 밤에 나를 위로했던 건, '포레스티에르*Forestierère* 수프'였다. 불어를 잘 몰라 인터넷으로 검색해보니 '숲으로 덮인', '버섯을 넣어 요리한' 정도로 해석되는 듯했다. 제품 겉면에는 양송이버섯, 리솔*Rissoles*(페이스트리에 고기를 넣고 구운 고기만두의 일종), 실파를 얹은 누르스름한 수프 사진이 있었다. 포장을 찬찬히 들여다보며 수프를 한 숟가락 크게 떠서 먹었다. 난생처음 접해보는 요리에서 의외로 어디선가 먹어본 평범한, 보통의 맛이 났다. 그래서 좋았다.

잠이 오지 않는 밤에 오감을 자극하는 특별한 음식을 맛보았더라면, 차분해지기보다는 오히려 흥분했을 것이다. 참 다행스럽게도 수프에서는 편안하고 밋밋한 가정식 맛이 났다. 약간의 허기와 차가운 밤공기를 달래기에는 충분했다. 수프 그릇에서 온기가 사라져갈 때쯤, 배 속을 감싸는 따스함이 느껴졌다. 수프의 온기가 내 안의 그릇으로 옮겨간 것이다.

그러고 보면 수프는 참 고요한 음식이다. 요란 떨지 않고 차분하게, 스며들듯이 들어온다. 내 몸 구석구석을 다니며 긴장감을 잠재우고, 허전함을 채우며, 편안한 분위기를 만들어 낸다. 요가나 명상을 닮은 음식이 있다면 그건 바로 수프가 아닐까? 나는 수프에 기대는 밤이 좋다. 뭉근하게 끓인 수프의 온기가 배 속을 포근하게 감쌀 때 내 몸에 퍼지는 따듯하고, 편안하고, 평화로운 그 분위기가 좋다. 어쩐지 보호받는 느낌이 들기 때문이다.

몸의 온도가 바뀌어서였을까. 파리의 공기가 보다 더 선명하게 느껴졌다. 숨을 크게 들이마시자 코 속으로 신선한 공기가 양껏 들어왔다. 새로운 공기가 잠들어 있던 내면의 나를 깨웠다. 발코니 난간에 팔베개를 한 채 고개를 묻으며 생각했다. '아, 내가 파리에 와 있구나. 그토록 바라던 순간이 현실로 다가왔구나. 그림으로만 보던 그 파리에 내가 들어와 있다니!' 며칠 후면 이 모든 것이 과거가 된다는 생각에 아쉬움이 밀려왔다. 그 밤을 붙잡아두고 싶었다.

여행지의 공기를 들이마실 때, 아무래도 뇌에서는 특별한 일이 일어나는 것 같다. 어떤 여행의 추억들은 그저 일상에서 잠깐 벗어난 것일 뿐인데, 계속 잊히지 않고 내 안에 남아 함께 숨 쉬고 호흡하기도 한다. 일상에서는 느낄 수 없는, 그곳만이 가진 또 다른 분위기 때문일까? 프랑스의 위대한 작가 빅토르 위고*Victor Hugo, 1802~1885*는 말했다.

> "파리의 공기를 들이마시는 것은 우리의 영혼을 보존해 준다."

그의 말처럼 지금까지 내 영혼에 기록된 여행 중에서 가장 특별했던 순간은 단연 파리의 공기를 들이마실 때였다. 파리에서 돌아온 지 꽤 시간이 흐른 뒤에도 나는 파리를 그리워하고 있었다. 파리를 떠올리는 일이 부쩍 많아지면, 그것은 내가 파리를 몹시 그리워하고 있다는 의미였다. 그럴 때면 나는 상상 속에서 파리를 배회하며 돌아다녔다. 어느 날은 센 강변에서 산책을 하고, 또 어느 날은 황금빛으로 일렁이는 에펠탑 앞에 서 있고, 그리고 또 어느 날은 볕뉘가 비치는 노천카페에 앉아 커피를 마셨다. 파리의 추억을 음미하고 있으면, 그날의 공기가 머금고 있던 감정과 분위기, 냄새까지 모두 살아나면서 시간을 뒤로 돌린 듯한 기분이 들었다.

파리를 상상하는 일은 나의 움츠린 영혼을 보듬어주는 일이다. 그렇기에 나는 파리를 놓지 않는다. 언젠가 한번은 대화가 잘 통하는 사람과 이런 얘기를 나눈 적이 있다. "저는 파리를 너무 좋아해서 언제나 가방에 파리 에세이를 넣고 다녀요." 나는 빨간 핸드백에서 《당신에게, 파리》를 꺼내 보이며 다음 말을 이어갔다. "이번 생에 한 번쯤은 파리에서 살아보고 싶어요. 여행 말고 사는 거요." "그럼 살면 되죠. 도대체 뭐가 문제죠?" "그게 어디 말처럼 쉽나요. 지금 하고 있는 일도 있는데. 그걸 다 접고 갈 수는 없죠. 아직까지는 그럴 용기가 없어요. 아직까지는……." 그는 그윽한 눈빛으로 나를 바라보며 말했다. "미련을 두고 살기에는 인생이 너무 짧아요. 저는 하고 싶은 거 다 해볼 거예요. 인생의 끝을 아는 사람이 얼마나 되나요? 우리가 몇 살까지 살지 그걸 어떻게 알아요, 내일 당장 어떻게 될지 모르는 게 인생인데." 그 말을 들은 후 나의 두 눈이 반짝였다. 아마 그때부터 시작된 것인지도 모르겠다. 파리에 대한 글을 써야겠다고 마음먹은 것이.

파리에서 사는 방법은 두 가지다. 내 몸이 그곳에 사는 것과 내 정신이 그곳에 사는 것. 나는 후자를 선택했다. 파리 에세이를 쓰면서 나의 정신은 온전히 파리에서 살고 있었다. 시간과 장소, 계절을 가리지 않고, 원하면 언제든지 파리 생활을 사유할 수 있었다. 그리고 또 모를 일이다. 미래의 언젠가, 내 몸이 파리에서 살고 있을지도. 몸이든 정신이든 분명한 건, 파리의 공기가 나를 위로하고, 나의 영혼을 기쁘게 한다는 점이다. 일상에서 정신적 탈출구가 있다는 건 어찌 되었든 참 행복한 일이다. 그러니 파리는 나의 영혼을 구한 것이나 다름없다.

파리의 정원을 담은 차의 향기

굳은 몸과 딱딱한 마음을 푸는 데는 차를 마시는 것만큼 좋은 게 없다. 나는 마시는 것을 무척 좋아해서 수시로 차나 커피를 홀짝거리곤 했다. 차와 커피 모두 평소에 즐겨 마시는 음료지만 둘이 내게 미치는 영향은 달랐다. 커피는 아침을 깨우고 닫힌 것을 여는 역할이라면, 차는 오후를 달래고 지친 것을 보듬는 역할을 한다. 그래서 대개 아침에는 커피를 마시고 오후에는 홍차를 마신다.

그래서인지 예전에 다니던 회사에서 나는 사람들에게 차를 사랑하는 사람이라고 알려졌다. 파리 여행을 떠나기 전, 기업의 인하우스 통역사로 일할 때의 일이다. "언니! 이거 언니한테 잘 어울릴 것 같아서 사 왔어요." 직장 동료인 그녀가 내민 것은 프랑스에서 건너온 '마리아주 프레르'의 얼그레이 프렌치 블루였다. 그 홍차에는 아주 특별한 사연이 있었다.

나는 그때 얕은 연애를 하고 있었다. 헤어진 지 얼마 되지 않아 힘들어했던 그녀는 내게 사람을 소개시켜달라고 부탁했고, 나는 당시 만나고 있던 그에게 부탁해 만남을 주선해주었다. 그렇게 만난 둘은 연애를 시작하게 되었다. 몇 번 만나다 헤어질 줄 알았는데, 예상과 달리 둘의 관계는 더 깊어졌다. 그녀의 사랑이 깊어질수록 내 연애는 마지막을 향해 달려갔고, 결국엔 완전히 흔적도 없이 끝이 나고 말았다. 시간이 지나고 이런 생각이 들었다. 그때 내가 보일 듯 말 듯한, 굳이 하지 않아도 될 그런 얕은 연애를 했던 건 아마도 그녀의 인연을 위한 것이 아니었을까? 그녀가 꼭 만나야 할 사람이 있었기에 내가 그 둘을 이어줄 중간 다리 역할을 하게 된 게 아닐까? 그러니까 그 홍차는 그녀에게 평생 함께할 사람을 안겨다 준 것에 대한 보상이었다. 나는 선물이 참 마음에 들었다. 고혹적인 검은색 캔에 들어 있는 고요한 찻잎. 뚜껑을 열자 산뜻한 얼그레이 향이 흘러나왔다.

나는 번역을 하는 내내 그 차를 주변에 두었다. 머릿속에 산소가 부족하다고 느낄 때마다 차 통에 코를 박고 킁킁거리며, 주변의 공기가 향긋해지는 순간을 즐겼다. 두 눈이 저절로 감겼다. '차에서 어떻게 이런 좋은 향이 날 수 있지?' 어떤 향초나 향수, 방향제보다 내게는 탁월한 효과가 있었다.

파리에 가기로 마음먹은 후부터, 내 마음을 들뜨게 만들었던 몇 가지가 있다. 발레, 그림, 공원, 그리고 차. 3개월 전부터 파리 오페라 하우스에서 관람할 발레 티켓을 예매하고, 가고 싶은 공원을 탐색하고, 마실 차를 알아보았다. 향기에 대한 자부심이 있는 도시인 만큼 티 브랜드와 브랜드별로 보유한 차의 종류만 해도 상당했다. 가짓수가 너무 많아서 어떤 브랜드의 어떤 차를 마실지 망설여졌다. 그때만 해도 차를 경험해 본 적이 많지 않아서 선호하는 스타일이나 차를 고르는 뚜렷한 기준이 없었다. 그래서 코를 찻잎에 대고 향기가 좋으면 무조건 구매하는 식으로 차를 즐겼다. 파리에 갔을 때도 그랬다.

파리의 유명 차 브랜드인 '쿠스미 티' 매장에 들어갔을 때, 나는 마치 모든 감각이 열리기라도 한 듯 몹시 흥분해 있었다. "시음해보시겠어요?" 매장 직원이 조그만 종이컵을 건네며 내게 말했다. 차를 한 모금 마시자 사람들로 북적거리는 도심 한가운데에서, 꽃이 만발한 정원을 걷는 것 같았다. 차를 한 모금씩 맛볼 때마다 나는 튈르리 정원에 갔다가 몽소 공원에 갔고, 또 베르사유 정원에 갔다. 입 안에서 차의 기운이 거의 사라져갈 무렵, 나는 생전 맡아보지 못한 향긋함에 취해 거의 정신을 잃은 사람처럼 철제 바구니에 차를 쓸어 담았다. 어느 나라, 어느 지역의 찻잎을 썼는지, 찻잎의 등급은 무엇인지, 어떤 향이 가미되었는지 같은 지식이 자리 잡기 이전이었던 터라, 무조건 향기만 좋으면 된다고 생각하면서 차를 골랐다. 나를 기분 좋게 하고 행복하게 하는 그런 향. 파리에서 그토록 쇼핑에 열광한 적은 없었다. 옷도, 가방도, 구두도 시큰둥해하던

나였다. 그러나 차 앞에서만큼은 제어력을 상실해버렸다. 홍차, 녹차, 허브차까지 나를 취하게 하는 모든 것들을 장바구니에 담았다. 합쳐보니 트렁크의 절반을 넘기고도 남을 정도의 양이었다.

한국에 돌아와서 몇 년이 지난 후에도, 나는 파리에서 가져온 차를 마셨다. 그 차는 보통의 날들을 조금이나마 아름답게 만들어주었다. 하루 중 가장 고단한 시간에 언제나 차 한 잔의 여유를 즐겼다. 차는 커피와 달리 느긋함이 필요한 음료다. 그래서인지 나도 차를 마시는 시간만큼은 그 음료의 성질에 맞게 고요하고, 묵연해졌다.

차를 처음 한 모금 마실 때는 긴장해 있던 모든 감각이 진정된다. 꽃향기를 실은 오월의 봄이 느껴진다. 두 모금째에는 땀구멍이 열리며 더운 기운이 스멀스멀 올라온다. 그러면 하루 동안 쌓아둔 낡은 생각과 불편한 마음이 바깥으로 흘러나와 상쾌해진다. 차 세 모금을 음미할 때는 딱딱하게 굳어 있던 몸이 이내 평정을 찾으며 부드러워진다. 차는 그렇게 나를 잠잠히 길들였다.

바게트 품에 안기

바게트 품에 안기. 언젠가 파리에 간다면 꼭 해보고 싶은 일 중 하나였다.

파리에는 맛있고 진귀한 음식들이 차고 넘친다. 하지만 어쩐지 바게트를 경험하지 않고 다른 음식을 즐긴다는 건 기본 지식 없이 기술을 익히겠다는 마음같이 느껴져서, 나는 아침에 종종 카페에 들러 바게트를 주문하곤 했다. 그런데 파리 현지라고 해서 항상 최상급 바게트를 먹었던 것은 아니었다. 어떤 날은 훌륭했고, 어떤 날은 질기고 눅눅했으며, 또 어떤 날은 평범했다. 나는 그렇게 보통의 맛과 탁월한 맛 모두를 경험하며 파리의 식탁과 친밀감을 형성해가고 있었다.

탁월한 맛을 내는 바게트를 만난 어느 아침이었다. 우드로 장식된 테이블 위에 카페오레와 오믈렛, 그리고 바게트가 놓였다. 연갈색의 카페오레 한 모금으로 몽롱한 아침을 깨운 다음, 바삭한 바게트 겉면을 손가락 끝으로 뜯어 입으로 가져갔다. 커피의 향긋함이 바게트의 질감을 부드럽게 감쌌고 입

안 가득 고소한 풍미가 흘러넘쳤다.

바게트 한 조각을 우물거리면서 바게트의 생김새에 대해 생각했다. 가느다랗고 길쭉한 황갈색의 몽둥이, 막대기, 기둥……. 어쩌면 파리 미식 세계의 가장 기본 층이 바게트이며, 이것 없이는 다른 화려한 맛의 존재 의미 또한 희미해지는 것은 아닐까? 바게트가 파리 식탁의 기둥이 되어 다른 화려한 맛을 대들보처럼 떠받쳐주고 있는 것은 아닐까? 어머니의 집밥 같은 존재, 나는 그것이 바게트라고 생각했다. 어머니의 집밥에 견줄 수 있는 음식이 어디 있을까? 제아무리 미슐랭 3스타라고 해도 그 별점을 얻기 위해 힘을 낼 수 있었던 건 하루의 시작에, 인생의 처음에 어머니의 손길이 있었기 때문이다. 그러니 바게트 앞에서는 그 누구라도 자만하지 말고 겸손해져야 할 것이다.

바게트에 대한 감상을 뒤로하고 나는 오믈렛을 포크로 크게 떠서 입으로 가져갔다. 코끝에서 나는 고소한 향기는 갈수록 진해졌다. 나는 그 순간을 더할 나위 없이 훌륭한, 잊을 수 없는 파리에서의 아침 식사라고 생각했다. 카페오레와 오믈렛 사이에서 바게트는 상대의 맛을 끌어올려 주는 배려와 자비의 존재였다.

어느 저녁에는 맛있는 냄새의 바게트를 만나기도 했다. 나는 거리에 퍼진 빵 굽는 냄새를 따라 코를 벌름거리며 걸음을 옮겼다. 평소 빵을 즐겨 먹지는 않았지만, 그 냄새는 그런 나조차도 이끌리게 만드는 보이지 않는 힘이 있었다. 빵 냄새의 근원지는 작은 동네 빵집이었다. 나는 가게 안으로 들어가 인품 좋아 보이는 주인아주머니에게 이렇게 말했다.

"Une bagette, s'il vous plaît(바게트 하나 주세요)."

종이봉투에 담긴 기다란 바게트를 소중하게 가슴에 끌어안고 거리를 걸었다. 갓 구운 빵 냄새가 품 안에서 서서히 피어오르자 문득 떠오르는 장면 하나가 있었다. 저녁 6시만 되면 밥 짓는 냄새가 풍기던 우리 집. 앞치마를 두른 엄마가 불그스름한 태양 빛을 받으며 서 있는 모습이 그려졌다. 내 정신의 근간이 되는 장면이었다. 나를 미소 짓게 하고, 나를 살게 하는 원초적인 힘의 근원. 바게트에서 나는 이런 그리움을 발견했다.

이방인인 나도 이러한데, 하물며 바게트가 주식인 사람들은 어떨까? 그들의 식탁에서 바게트가 사라진다면 또 어떨까? "밥 먹었어?"라는 인사에 따듯한 한국인의 정이 깃들어 있는 것처럼, 바게트는 프랑스 사람들의 정신을 하나로 묶는 어떤 상징이었다. 그래서였을까? 그저 황갈색의 기둥 하나를 품에 안았을 뿐인데, 거리를 걷는 동안 내가 마치 파리지앵이 된 것만 같았다. 품에 안긴 바게트를 내려다보며 생각했다. '집에 가서 와인이랑 같이 먹고, 남으면 내일 아침에 버터 발라서 먹어야지.' 바게트의 온기가 가슴속까지 퍼져갔다.

브리 치즈가 내게 알려준 것

파리의 식료품점에 들를 때마다 나는 치즈를 샀다. 틈틈이 그리고 자주. 그렇게 하지 않으면 파리의 여러 치즈들을 즐길 수 없을 것 같았다. 굳이 고급스러운 치즈가 아니어도 상관없었다. 한국에선 볼 수 없는, 파리에서 일상적으로 볼 수 있는 그런 치즈면 되었다. 조그만 마트이건 백화점이건, 익숙한 치즈에서부터 익숙하지 않은 치즈까지 모조리 눈에 보이는 대로 장바구니에 쓸어 담았다. 내가 그토록 치즈에 열광했던 이유는 무엇이었을까?

파리에 머물렀을 때 나는 와인에 빠져 있었다. 회사원 시절, 자주 다니던 와인 바가 하나 있었다. 그곳은 조금 신비스러운, 나와 친구들만 아는 우리만의 비밀 장소였다. 와인 도매상이었기에 겉으로 드러난 곳은 아니었다. 그래서 업자가 아닌 일반 손님도 저렴한 가격에 질 좋은 와인을 마실 수 있다는 건 나만 아는 비밀로 두고 싶었다.

비가 오거나 기분이 꿀꿀한 날이면, 우리는 언제나 그곳을 찾았다. 어둠이 짙게 깔린 넓은 공간, 은은한 주황색 불빛 아래 맑게 웃어 보이는 초로의 남자가 우리를 반겨주었다. 둘이 방문하는 날이면 우리는 바에 앉아 그에게 물었다. "오늘은 어떤 와인을 마실까요? 사장님이 추천해주세요." 한때 엔지니어였던 그는 은퇴 후 평생에 걸쳐 즐겨 마셨던 와인을 업으로 삼기로 했다고 한다. 전 세계를 돌아다니며 수많은 와인을 접하고, 고된 하루의 끝에 와인 한잔을 마시는 것이 좋아서, 제2의 인생을 자신을 행복하게 해주었던 신의 물방울과 함께하기로 마음먹은 것이다. 그런 마음으로 연 곳이 이 와인 바였다. 그는 비교적 말수가 적은 스타일이었지만, 이따금 자신의 이야기를 들려주곤 했다. 젊은 시절 출장을 갔던, 여행했던 수많은 나라에 대해.

그가 권해준 모든 와인이 좋았다. 와인에 대한 지식이 전혀 없었던 우리는 그날그날 그가 추천해주는 대로 따랐는데, 그때마다 실패하는 법이 없었다. 그곳은 와인 도매상이었기에 와인 이외의 것은 취급하지 않았다. 그럼에도 그의 배려로 준비된 것이 하나 있었으니, 바로 치즈였다. 어떤 날은 브리 치즈, 또 어떤 날은 카망베르 치즈, 또 어떤 날은 블루 치즈였다. 내 인생에서 프랑스 치즈를 만난 건 그때가 처음이었다. 레드와인에 보드라운 브리 치즈 한 입을 베어 물었을 때의 촉감과 둘의 마리아주(조합)가 지금도 잊히지 않는다. 그렇다고 해서 그때 그 치즈가 특별했던 것은 아니었다. 대형 마트에 가면 쉽게 구할 수 있는 보편적인 치즈였는데, 함께 마시는 와인이 훌륭했던 것인지 아니면 그곳의 분위기가 감미로웠던 것인지 몰라도 깊게 빠져들 수밖에 없는 향과 맛이 났다.

파리에서 여러 치즈를 맛보았지만 역시나 내 입맛에 가장 잘 맞는 것은 브리 치즈였다. 브리는 파리 근교에 있는 마른*Marne*과 센*Seine* 지역에서 생산되는 치즈로, 암소에서 짜낸 원유로 만들어진다. 진한 우유 향이 퍼지는 치즈. 순백의 껍질 아래 숨겨진 치즈의 상앗빛 속살이 입 안에서 미끄러질 때, 목초지에서 한가롭게 풀을 뜯는 젖소가 떠오르며 탄성이 절로 흘러나온다.

파리 이후의 삶에서도 이전의 삶과 마찬가지로 나는 브리와 함께했다. 하지만 그 와인 바는 더 이상 함께할 수 없었다. 갑자기 자취를 감추었기 때문이다. 이유는 알 수 없지만 어쨌거나 그곳은 이제 사라지고 없다. 시간을 내어 일부러라도 찾아가고 싶은 그런 곳, 내 속에 있는 이야기를 편하게 털어놓을 수 있는 그런 곳이었는데. 인생에서 빛나고 아름다운 순간은 왜 금방 사라져버리고 마는 것일까? 그곳은 생각이 익지 않은, 젊은 날의 내가 머물렀던 장소였다. 그래서 나중에 나이 들어서도 추억을 회상하기 위해서 찾아오리라 생각했었다. 그런 곳이 이제 더 이상 존재하지 않는다니, 애잔한 마음이 들었다.

파리에 다녀온 이후 몇 년간 나의 삶은 예기치 않은 방향으로 흘러갔다. 와인 바가 있었던 그 지역을 떠나 이사를 갔고, 일의 형태가 바뀌었고, 정체성의 혼란도 겪었다. 언젠가 다시 한번 가봐야지, 삶이 조금 진정되면 가봐야지 하던 생각이 무색하게 그곳은 사라져버리고 말았다. 늘 그 자리에 있으리라 생각했던 내가 어리석었다.

나를 둘러싼 모든 것이 유한하다. 장소도, 일도, 생각도, 감정도, 사람도, 사랑도, 삶도. 떠나보내지 못해 안달이었던 모든 것들이 언젠가는 끝날 무언가였는데, 나는 무엇 때문에 그토록 집착했던 것일까? 내 삶에서 아침이자 봄 같았던 그 시간을 조금 더 소중히 여기지 못한 것에 아쉬움이 남을 뿐이다.

종이 냄새가 그리운 날에

발아래에 파리 전체의 풍경이 펼쳐져 있었다. 투명한 유리 바닥 아래로 보이는 작은 파리, 그 속에는 우뚝 솟은 에펠탑도 있었다. 나는 몽마르트르 언덕 이후 처음으로, 파리를 위에서 내려다보고 있었다. 일반적인 파리의 건물과 달리 몽파르나스 타워는 키가 컸다. 그리고 현대적이었다. 에펠탑에서 파리 전체를 내려다본다면 이런 기분일까? 나는 파리의 곳곳에 시선을 두며 지나간 날들을 생각했다. 새벽 테라스에서 어깨를 움츠렸던 순간, 아침 카페에서 카페 크렘을 마셨던 순간, 낮의 센강을 한가로이 걷던 순간, 밤의 에펠탑을 보고 전율했던 순간이, 찰나의 빛을 내며 스쳐 지나갔다. 파리에서 보낼 시간이 얼마 남지 않은 날이었다.

내 앞에는 초록 병의 탄산수와 키슈가 놓여 있었다. 나는 키슈를 먹기 좋은 크기로 잘랐다. 냉장고에 소진하고 싶은 야채가 있을 때 종종 한국에서도 만들어 먹던 음식, 키슈. 내가 알던 맛과는 조금 차이가 있었지만, 어쨌거나 키슈에서는 조

금이나마 목가적인 맛이 났다. 계란과 야채, 우유와 치즈만 있으면 실패할 확률이 적은 음식이니까. 키슈의 본래 맛은 목초지에서 한가로이 풀을 뜯는 젖소를 생각나게 하는 맛이다. 시골에 온 느낌을 선사하는 농촌의 맛이라고도 할 수 있겠다. 그 맛은 소박해서 늘 마음이 놓인다.

한결 푸근해진 마음으로 나는 가방에서 주섬주섬 엽서 몇

장을 꺼냈다. 며칠 전 몽마르트르 언덕의 어느 빈티지 상점에서 구입한 엽서였다. 큼직한 엽서 속 흑백 사진에는 19세기 파리를 연상케 하는 고풍스러운 옷을 입은 여인들이 신문을 읽고 있거나, 숲길을 산책하는 모습이 담겨 있었다. 나는 마음에 드는 엽서 하나를 골라 집었다. 누군가에게 글을 보내어 내가 파리에 왔었다는 걸 기록으로 남기고 싶었다.

한때 불같았던 내 성격을 여과 없이 그대로 받아준 사람이 떠올랐다. 그 사람에게 엽서를 쓰기로 했다. 회사 생활을 하면서 모았던 큰돈을 날리는 바람에 하루하루를 걱정과 두려움으로 지냈던 날들이 있었다. 겉으로는 괜찮다고 하면서도 속에서는 거센 바람과 파도가 출렁거렸다. 내 안의 불편한 것들이 바깥으로 흘러나올 때면 두 손이 부들부들 떨릴 만큼 불안에 떨고 있었다. 그때 내 손에 초콜릿 세 개를 쥐여주며 그는 이렇게 말했다. "걱정하지 마. 내가 너를 알아. 너는 뭐가 되고도 남을 사람이야. 네가 얼마나 멋진 사람인지 이 세상에 보여줘야지."
나는 그 말을 초콜릿과 함께 움켜쥐었다. 금방이라도 터져 나올 것 같은 울음을 삼키면서.

아직 생각이 다 무르익지 않은 어린 나를 있는 그대로 받아주던 사람이었다. 내가 화를 내고, 울고, 소리를 질러도 언제나 자비로운 눈길로 바라봐주는 사람이었다. 그 눈빛은 꼭 이렇게 말하는 것만 같았다. "지금은 네가, 너에 대해 잘 알지 못해서 그러는 거야. 넌 어차피 잘될 사람이야. 나는 너를 믿어."
휘몰아치는 폭풍을 자연스럽게 흘러가도록 내버려두듯 그는 그렇게 말없이 나를 지켜보았다. 내가 항상 거칠고 난폭하게 굴어도 평온하던 그 사람, 엽서의 주인공은 나의 오빠였다.

나는 고맙다는 말을 흰 종이에 꾹꾹 눌러 담았다. 엽서를 쓰는 동안, 지난날의 감정이 북받쳐 올라 이내 눈물이 났다. 몇 년간 마음속에 쌓아두었던 어두운 감정이 흰 엽서로 옮겨간 것처럼 엽서를 쓰고 나니 마음이 조금 시원해졌다. 나는 작은 치유를 얻었다. 고개를 들어 바라본 곳에는 에펠탑이 우직하게 서 있었다.

내가 꼭 엽서를 쓰기를 기다렸던 것처럼 숙소 옆에는 작은 우체국이 있었다. 하늘이 맑게 갠 다음 날 아침, 기쁜 마음으로 우체국에 들렀다. 주소와 이름을 적고 침을 묻혀 오른쪽

귀퉁이에 프랑스 우표를 붙였다. 엽서를 보내기 전에 나는 편지에 묻은 감정을 더듬고 싶어서 종이 냄새를 맡았다. 그 냄새는 나를 전날의 기억으로 다시 한번 이끌어주었다. 몽파르나스 타워에서 파리를 굽어보고, 목가적인 맛의 키슈를 먹으며 엽서를 썼던 기억 그리고 흘러내린 감정들. 나는 잠시 그 순간에 머물렀다.

엽서는 나보다 먼저 파리를 출발해서 나보다 늦게 한국에 도착하겠지. 엽서를 떠나보내며 나는 생각했다.

한국에 돌아와 오빠를 다시 만났을 때, 파리에서 온 엽서는 오빠의 책상 앞에 노란 메모지와 나란히 붙어 있었다. 아무런 근심도, 걱정도 없을 것 같은 흰 벽 위에.

월하, 달빛 아래

내가 프랑스 뷰티 브랜드 '불리1803'에 끌린 건 향기가 아닌 문장 때문이었다. 그들이 쓰는 문장에서는 시적인 정취가 느껴졌다. 그리고 그 문장에는 고독하고 독특하지만, 매력적인 분위기가 있었다.

후각이 아닌 시각과 육감을 사용해 향기를 선택한다는 건 좀처럼 일어나기 힘든 일이다. 하지만 불리1803의 문장을 읽을 때는 그것이 가능했다.

'나'라는 사람을 단 몇 줄의 문장으로 근사하게 표현해낼 수 있다면 참 기쁠 것이다. 글을 쓰는 나조차도 아직 스스로에게 멋진 헌사獻詞를 하지는 못했는데, 누군가가 나의 분위기를 글로 잘 표현해준다면, 그리고 그것을 우연히 발견한다면, 운명적인 만남이라고 봐도 좋을 것이다. 만난 지 얼마 되지 않아 청혼을 하는 연인이 있는 것처럼, 나도 나의 분위기를 닮은 매혹적인 불리1803의 글에 이끌려 홈페이지에서 주문 버튼을 눌렀다. 그 어떤 고민도 하지 않고, 단 몇 분 만에. 장바구니에 담긴 것은 불리의 바디로션, '멕시크 튜베로즈✦'였다.

내 마음을 흔들었던 건 향기를 설명하는 글이었다.

어둠 속 달빛 아래 은은하게 퍼지는 향기가 페르세폴리스의 푸른 정원에서 어우러집니다. 정원 속 다채로운 빛깔의 꽃과 과일들, 그리고 정향나무 잎의 향이 함께 어우러져 은은하게 피어납니다. 잔잔히 흐르는 강물 위로 쏟아질 듯 수놓아진 푸른빛 별들처럼 아름답고 낭만적인 느낌의 향입니다.

여기에 나를 사로잡은 매혹적인 단어가 있다. 달빛, 푸른 정원, 꽃과 과일들, 푸른빛 별들, 낭만적……. 이런 단어가 귓가에 스치는 날이면, 가슴이 요동치는 듯한 느낌을 받는다. 그리고 머릿속에서 한 장면이 떠오른다. 미드나이트블루 밤하늘에 떠 있는 교교한 달빛 아래, 달빛 샤워의 낭만을 즐기는 고독한 여자, 어딘가 모르게 어둡고 음울한 얼굴을 하고 있지만

—✦ 튜베로즈*Tuberose*: 월하향月下香이라는 향료 식물로 만향옥晩香玉이라고도 불린다. 원산지는 멕시코이며 향기가 강한 것이 특징이다. 꽃말은 '위험한 관계'인데, 매혹적인 향기 때문에 붙여진 이름이 아닐까 추측해볼 수 있다. 개인적으로는 '달빛의 유혹'이라는 별칭도 재미있을 것 같다.

달빛을 바라보는 눈빛에서는 맑은 영혼이 나타나는 듯하다. 그 모습은 육체와 정신이 결투를 벌이는 것처럼 보이기도 하고, 에고와 영혼이 의견의 합치를 보지 못해 쓰라린 울음을 터뜨리고 있는 것 같기도 하다. 하지만 여자는 자신이 생각하는 것보다 강하다. 금방이라도 쓰러질 것처럼 비틀거리지만 내면은 누구보다 열정적이고 모험심 강한 사람이다. 겉으로 보기엔 차갑고, 냉정하고, 침울해 보이지만 천성적으로 따스한 사람이다.

푸르스름한 달빛 아래 자신의 영혼을 씻어내는, 고독한 매력을 지닌 사람이 이 향기의 주인공이라고 생각했다. 그리고 드뷔시의 '달빛*Clair de lune*'을 떠올렸다. 이 곡만큼 멕시코 튜베로즈를 잘 표현할 수는 없을 거라 감탄하며.

시향을 하지 않고 구매했던 바디로션을 처음 사용한 날이었다. 튜베로즈 향기가 짙고 풍성하게 났다. 버터색 크림을 팔에 문지르자 머릿속에 한 장면이 스쳤다. 코끝에 어른거리는 파리의 밤, 그날 밤의 향기가 방 안에 넘실거렸다.

조각달이 뜬 파리의 밤에 나는 이곳저곳을 헤매다 숙소로 되돌아가고 있었다. 어둠이 짙게 깔린 거리에 성당 종소리가 울려 퍼졌다. 그 신성한 소리에 위로받으며 가로등 조명 아래를 걷고 있었다. 파리의 화려함 뒤에 가려진 동네의 민낯을

바라보며 나는 사색했다. '이 고독한 거리는 어쩐지 나를 닮은 것 같아.' 후미진 골목 안으로 들어서자 노란 불빛의 카페테라스에서 밤을 보내는 사람들이 보였다. 사람들의 손에는 각자의 취향이 담긴 칵테일이 들려 있었고, 얼굴에는 웃음이 가득했다. '저마다 행복한 시간을 보내고 있구나.' 그 모습을 보는데 어쩐지 혼자인 내가 안쓰럽게 느껴졌다. 혼자서 보내는 시간을 즐길 줄 아는 사람이라고 언제나 자부했는데, 사람들을 바라보며 쓸쓸해하고 있다니. 모순된 내 모습을 발견하던 순간이었다. 결국 사람이란 존재는 사랑하고 또 사랑받기 위해서 이 땅에 온 것일지도 모르겠다는 생각이 들었다. 설령 혼자 있길 좋아하는 사람일지라도, 혼자 있기 좋아한다고 착각하는 사람일지라도, 이 세상에 모든 사람이 사라지고 정작 혼자 남게 된다면 그 고독이 과연 무슨 소용이 있을까? 많은 사람들 속에서 느끼는 고독이기에 근사해 보였던 것뿐인데, 나는 우수에 젖어 고독해하는 자가 전적으로 혼자 있기를 원하는 사람이라고 생각했었다.

후락한 지면을 밟으며, 달빛 아래를 거닐며, 깊은 사색에 잠기는 밤이었다.

몽소 공원 진초록 벤치에 앉아

고소한 버터 향이 풍기는 종이봉투를 품에 안고 몽소 공원을 걸었다. 아침 시간을 조용히 즐기기 좋은 장소였다. 적당히 차분하고, 적당히 소란스러웠으며, 적당히 생기가 돌았다. 파리에서 여러 공원을 방문했지만 이토록 생활감이 묻어나는 곳은 보지 못했다.

나는 파리에서 오래 지낸 사람처럼 걸었다. 근처에 있는 집에서 막 나와 나른한 기운을 쫓아 보내려는 사람처럼. 걸음을 뗄 때마다 그들의 생활에 한층 가까이 다가서는 것 같은 느낌이 들었다. 그도 그럴 것이 파리의 유명 공원들과는 분위기가 사뭇 달랐다. 가벼운 차림에 조깅을 하는 사람과 유모차를 밀고 가는 할머니, 소란을 피우는 어린아이들의 모습까지, 눈에 보이는 풍경에서 파리 사람들의 일상을 엿볼 수 있었다. 마음이 평온해졌다.

초록이 흠뻑 드리워진 길을 걸으며 숨을 깊게 들이마셨다. 숲의 신성한 기운과 싱싱한 공기가 내 안에 가득 담겼다.

나는 숲 냄새를 좋아한다. 숲에는 우리가 알지 못하는 신비로운 사연들이 가득 넘쳐흐르니까. 사람을 포근히 감싸 안는 숲의 자상함이 좋았다. 나는 벤치에 자리를 잡고 앉았다. 나무를 닮은, 자연을 닮은 진초록 벤치였다.

벤치 뒤로 무성한 잎을 자랑하는 나무가 빽빽이 우거져 있었다. 몇 년의 세월을 살아왔을지 도무지 가늠이 되지 않는 나무들이었다. 적어도 나보다는 월등히 긴 삶을 살았으리라. 나무 사이로 밝은 빛이 쏟아져 내렸다. 눈에 보이지는 않지만 나무에서는 사람을 행복하게 하는 물질이 나오는 게 틀림없다. 나는 몸을 비스듬히 돌려 벤치 등받이 위에 팔베개를 한 채, 나무의 숨결을 느꼈다. 입가에 옅은 미소가 떠올랐다. 나무가 다친 내 마음을 치유하도록, 미처 알아차리지 못한 어둠의 감정을 모두 밀어내도록, 숲 냄새에 나를 맡겼다. 이곳이 나쁜 기억을 망각하게 하는 숲이라고 생각하면서.

초록이 우거진 공원에서 명상을 한 적이 있다. 눈을 감으면 숲 냄새가 코 안으로, 목구멍 안으로, 폐 안으로 점점 더 깊이 들어오는 것이 느껴졌다. 내 몸을 타고 흐르는 숲의 숨결을 가득 느낄 수 있어서 좋았다. 명상을 하면서 선선한 바람이 부드럽게 내 볼을 감쌀 때면 나도 모르게 나른한 한숨을 내뱉곤 했다. 어둠이 걷히는 것만 같아서, 따스한 위로를 받는 것만 같아서.

몇 분이 흘렀을까. 나는 눈앞에 있는 나무를 보며 생각했다. 내가 저 나무의 나뭇잎이 된다면 과연 어떤 기분일까? 내 의식이 나무로 옮겨 간다면 과연 어떤 기분일까? 나무가 세상을 바라보는 풍경은 사뭇 다르겠지? 이런 생각을 하고 나니 나무를 바라보는 눈이 달라졌다. 나무가 나 같았고, 내가 나무 같았다. 나무와 명상은 매우 닮아 있었다.

몽소 공원의 벤치에서 나는 직접 명상을 하지는 않았지만, 그와 같은 마음가짐으로 머물렀다. 탁한 마음이 맑아지기

를 바라는 것은 명상을 하는 마음가짐과 다르지 않다. 한결 밝아진 기분으로 커피 한 모금을 마셨다. 매일 아침 마시는 커피지만, 어쩐지 그날 커피 맛은 조금 다르게 느껴졌다. 처음 이 커피를 마셨을 때는 특별한 향을 내지 않는 그저 그런 평범한 커피라고 생각했지만, 숲 냄새를 깊이 음미하고 난 후 다시 마셔보니 맛이 달랐다. 잊힌 향을 끌어올린, 숲의 기운이 가미된, 영원히 잊고 싶지 않은 순간을 담은 그런 맛이었다. 조금 식긴 했어도 몽소 공원의 숲 냄새가 담긴 소중한 커피였다. 거기에 고소한 크루아상 한 입을 베어 물었다. 파리다운 아침 식사였다.

이제 책이나 좀 읽어볼까 싶어 무릎에 올려둔 연두색 표지의 책을 펼치려는데 우측 대각선 방향으로 분주하게 움직이는 사람들의 모습이 보였다. 심상치 않은 분위기였다. 전문적인 장비가 여러 대 보였고, 스텝들이 행인을 통제하며 촬영을 준비하고 있었다. '드라마 촬영인가? 아니면 영화?' 그동안 봤던 프랑스 영화들이 머릿속에 스쳐 지나갔다. 그 장면들 속에는 대부분 영화배우 쥘리에트 비노슈*Juliette Binoche*가 있었다. 그중에서도 그녀의 매력이 가장 잘 드러났던 영화는 〈프라하의 봄〉이다. 그녀가 연기한 인물 테레사는 인간 존재의 무게에 대해 이야기하면서 연인 토마스를 떠날 때 이런 편지글을 남기는데, 그 내용이 무척이나 인상 깊었다.

"삶이 나한테는 너무 무거운데 당신에게는 너무 가벼워. 이런 가벼움과 방종을 나는 참을 수가 없어. 난 강하지 못해. 프라하에서는 단지 사랑만이 필요했는데 스위스에서는 모든 것을 당신에게 의지하며 살았어. 당신이 날 버리면 어떡하지? (이런 고민들이 날 뒤흔들었어) 난 약해. 그러니 약자들의 나라로 돌아가겠어. 잘 지내. 안녕."

'이런 고민들이 날 뒤흔들었어'는 내가 추가한 말이지만, 나는 그녀의 삶이 인생에서 가장 행복했던 순간을 지난 지 얼마 되지 않은 시점에 마구잡이로 뒤흔들리고 있었을 거라고 생각한다. 그때 나의 삶도 뒤흔들리고 있었다. 혼돈과 무질서, 방종, 가벼움이 서로 뒤엉키며 나를 찾아왔다. 내가 삶을 사는 것인지, 삶이 나를 사는 것인지 도무지 알 수 없던 시간들 속에 있었다. 그래서 더욱더 숲에 안기고 싶었던 건지도 모르겠다. 이리 흔들리고 저리 흔들리는 산란한 마음을 떨쳐내고 싶어서. 도무지 어디로 튈지 모르는, 나조차도 해석할 수 없는 마음들을 위로받고 싶어서. 숲이라면 그 해답을 들려줄 것만 같았다.

어떤 우연의 순간과 사건들이 나를 이곳까지 오게 한 것일까? 11시간을 날아 파리에 도착해, 몽소 공원까지 와서, 진초록 벤치에 앉기까지 어떤 우연들이 촘촘히 연결되었던 것일까? 지나온 삶들이 씨실과 날실이 되어 얽히고설키며 나의 인생을 만들어내고 있다는 생각에, 다음에 펼쳐질 또 다른 우연들이 기대되는 순간이었다. 숲 냄새가 어두운 감정을 몰아낸 것일까. 금색 테두리에 둘러싸인 몽소 공원의 검정 철문을 처음 들어서던 때와 달리, 기분이 한결 좋아졌다.

이 기분 그대로 몽소 공원을 벗어나 파리의 8구를 조금 더 걷기로 했다.

파리 제5의 감각

Aesthetic Sense of Paris

촉각

내 피부에 스친 파리의 위로

나는 파리의 별과 바람과
고독과 포옹했다.

파리를 부드럽게 품어내는 존재, 에펠탑

파리에 머무는 동안 미뤄둔 일이 하나 있었다. 바로 에펠탑 가기였다. 나는 그것을 하기는 싫지만 꼭 해야만 하는 관례적인 일 정도로 여겼다. 지나치다 언뜻 보이는 한낮의 에펠탑을 보면서, 평범한 탑을 두고 사람들이 왜 저렇게 열광하는지 도무지 이해할 수 없었다. 그냥 키 큰 쇳덩어리일 뿐인데 말이다. 직접 가서 보면 왠지 실망할 것 같았다. 어쩌면 지금 이대로 멀리서 바라보는 게 나을지도 모른다는 생각도 했다.

하지만 파리에 와서 에펠탑을 보지 않는다면 나중에 한국에 돌아가서 후회할 것 같았다. 파리에 다녀오면 으레 에펠탑 앞에서 사진을 남기는 것처럼, 나에게도 파리에 다녀왔다는 인증 같은 것이 필요했다. 계획한 일정이 절반 이상 지났을 무렵 든 생각이었다. '오늘 밤엔 에펠탑을 보러 가야겠다.' 그날 밤 나는 빛나는 철골을 보기 위해 트로카데로 광장으로 향했다.

육중한 지하철이 트로카데로역에 멈춰 섰을 때, 같은 목적지를 향해 가는 사람들이 덩어리 채 쏟아져 나왔다. 나는 그들 속에 파묻혀 함께인 듯 따로 걸으며, 1번 출구를 찾아 걸음을 재촉했다. 답답했던 지하 공간을 빠져나와 시원한 밤공기를 마시니 기분이 상쾌해졌다. 뒤를 돌아 내가 나왔던 출구 쪽을 바라보니 여전히 많은 사람들이 나오고 있었다. '붐비는 건 딱 질색인데. 에펠탑만 보고 얼른 집에 가야지.'

광장 주변은 활기 넘치는 축제 분위기였다. '저들도 나처럼 파리에 왔다는 인증을 하려고 이곳을 찾은 것일까?' 사람들의 모습이 하나같이 행복해 보였다. 파리에서 우울한 생각이 든다면 에펠탑 근처를 배회해야겠다는 생각이 들 만큼 그곳에는 뭔가 특별한 기운이 흐르고 있었다.

출구에서 몇 걸음을 옮기면 만날 수 있는 큰 키의 쇳덩어리, 그녀*La Tour Eiffel*(불어로 여성 명사에 해당)는 드넓은 광장 아래 저 혼자 덩그러니 서 있었다. 하지만 결코 외로워 보이지는 않았다. 많은 사람들이 탑 주변을 보호하듯 감싸고 있었기 때문이다. 왼쪽 손목을 내려다보니 시곗바늘은 8시를 향해 가고 있었다. 그리고 잠시 뒤, 조금 전까지만 해도 건조한 쇳빛이었던 철골 탑이 순식간에 황금빛으로 바뀌며, 현란한 빛의 오케스트라 연주가 시작되었다. 살면서 단 한 번도 느껴보지 못한 거대한 떨림이 찾아왔다. 그녀의 연주에 놀란 나머지 몸에 소름이 돋았다. 나는 벌어진 입을 다물지 못한 채 빛나는 철골을 넋 놓고 바라보고 있었다. 한 발자국도 뗄 수 없었다. 가슴이 벅차오른다는 표현은 이럴 때 쓰라고 만든 것일까? 사람들을 홀리게 하는 그녀의 매력을 그제서야 알 것 같았다.

찰칵찰칵. 빛의 축제가 몇 분간 지속되는 가운데 사람들은 저마다 카메라를 하늘 위로 높이 올려 찰나의 순간을 담으려 애쓰고 있었다. 그리고 에펠탑을 실제로 보고 생각이 완전히 뒤바뀐 나도 그런 사람들 사이에서 어떻게든 사진을 찍어보려고 애썼다. 하지만 까만 밤하늘 아래 색을 내는 것은 그녀의 황금빛과 나의 하얀 재킷, 웃고 있는 치아뿐, 아무리 셔터를 눌러 대도 결국 같은 사진처럼 보일 뿐이었다. 그때 지나가던 금발 머리 가족이 밝게 웃으며 내게 말했다. "사진 찍어 줄까요?" 찍어준 사진을 받고 보니, 나는 안쪽 어금니까지 환하게 드러내 보일 만큼 아주 환하게 웃고 있었다.

그날 이후, 파리 어디를 가도 보이는 에펠탑이 어째서인지 이전과는 다른 느낌으로 다가왔다. 이전에는 그저 파리의 배경에 지나지 않는 평범한 철골 구조물이었다면, 지금은 '인격을 지닌 파리의 영혼'처럼 느껴졌다. 전 세계 사람들이 에펠탑에 보내던 찬사의 의미를, 그녀를 직접 만나고 난 후에야 비로소 통감할 수 있게 되었다.

파리를 배경으로 한 영화 〈새 구두를 사야해〉에서 주인공 아오이는 자신이 가장 좋아하는 비밀 장소로 센을 데려간다.

배를 타고 퐁마리 다리를 지날 때 아오이는 에펠탑을 바라보며 파리에서 자신이 가장 좋아하는 것이 보인다고 이야기한다.

"파리에서 에펠탑을 좋아한다고 하면 너무 뻔한 얘기처럼 들리려나요."
"그렇진 않아요."
"파리에 와서 여러 일이 있었지만 제 곁엔 항상 에펠탑이 있었어요. 여기 건물들은 낮잖아요. 그래서 어딜 가도 항상 에펠탑이 보여요."

그러고 보니 파리에서 어딜 가든지 에펠탑은 항상 나를 따라다녔다. 마치 나를 지켜보고 있기라도 한 것처럼 말이다. 파리에서 몇 되지 않는 고층 빌딩 중 하나인 몽파르나스 전망대에 올라갔을 때에도 확실하게 그 존재를 알아볼 수 있던 것은 오직 에펠탑뿐이었다. 그녀는 언제나 같은 자리에서 파리를 관망하고 있었다. 침묵하면서 도시 전체를 굽어살피며 파리에서 일어난 모든 일들과 파리에 모인 모든 사람들을 바라보고 있었다. 아오이가 홀로 파리에서 지내면서도 외로움을 견뎌낼 수 있었던 것도, 에펠탑이 언제나 그녀와 함께 있다고 생각했기 때문이다.

파리의 밤에 에펠탑이 홀로 빛의 연주를 하는 것은 어쩌면, 사람들이 낮 동안 느꼈을 서글픈 감정이나 슬픔을 위로하기 위해서가 아닐까? 사물에도 영혼이 있다면 바로 이런 느낌일 것이다. 그녀는 자신의 영혼에 파리를 기록하고 저장하며, 사람들에게 이렇게 말하고 있을지도 모른다.

> 너에게 일어난 모든 일을 지켜보고 있다. 내가 다 알고 있다. 그러니 두려워하지 말라. 너의 기쁜 날에도, 슬픈 날에도 나는 언제나 너와 함께 있으니.

에펠탑은 파리를 품어내는, 도시의 영혼이었다.

헤밍웨이의 토끼 발

뷔셰리로*Rue de la Bûcherie* 37번지 왼편으로 익숙한 느낌의 청록색 서점이 눈에 들어왔다. 나는 그곳이 역사를 자랑하는 책방 '셰익스피어 앤드 컴퍼니'라는 것을 단박에 알아차릴 수 있었다. 책이나 영화에서 익히 보았던 곳이라서 그런지 실제로 보니 잘 아는 장소처럼 느껴졌다. 아주 오래된 과거의 흔적까지 그대로 지니고 있는 이 서점 앞에서 나는 한 사람을 떠올렸다. 셰익스피어 앤드 컴퍼니를 사랑해 마지않던 헤밍웨이. 그를 생각하자 마치 그가 내 안의 깊은 곳을 건드리기라도 한 듯이 묻혀 있던 감정이 툭 튀어나왔다. 그가 나의 작가 정신을 건드린 것이다.

생각해보니 청춘의 초입에서, 나는 나 자신에게 과제를 하나 부여했다. 마흔 살 이전에 나에 대한 에세이를 한 권 집필하는 것이었다. 그때의 나는, 나를 지탱해주는 그 어떤 삶의 철학도 없었고, 어떻게 살아야 나다운 것인지 스스로 인정할 만한 자아 정립도 이루지 못한 상태였다. 하지만 마흔 살 이전에 에세이를 한 권 쓰게 될 것임은 믿었다. 맹목적으로 믿었다. 청록색 서점에 스며 있던 헤밍웨이의 영혼이 나의 발길을 멈추게 한 데에는 나름의 이유가 있으리라. 나는 다락방에 켜켜이 쌓인 앨범을 집어 올리듯 먼지 쌓인 지난날의 다짐을 바깥으로 끄집어내기로 했다.

헤밍웨이와 셰익스피어 앤드 컴퍼니의 관계는 매우 친밀하고 따듯했다. 파리에 머물던 시절, 그는 매우 가난했기 때문에 책을 사거나 대여할 여유조차 없었다. 그런 그에게 호의를 베풀었던 사람이 당시 셰익스피어 앤드 컴퍼니를 운영했던 실비아 비치였다. 헤밍웨이는 자신의 저서《파리는 날마다 축제》에서 그녀의 모습을 '선명한 얼굴 윤곽에 서글서글한 갈색 눈동자를 지닌 활발한 성격의 소유자, 누구에게나 도량과 관용 그리고 친절을 베푸는 사람'이라고 설명했다.

헤밍웨이가 처음 그녀의 서점을 방문했을 때의 일이다. 책을 대여할 돈이 없었던 그에게, 그녀는 흔쾌히 도서 카드를 만들어주며 예치금은 돈이 생기면 아무 때나 지불해도 좋다고 말했다. 헤밍웨이는 이 서점을 자주 드나들며 유명 작가들의 책을 탐독했다. 그의 작가 정신에 셰익스피어 앤드 컴퍼니의 영혼이 살아 숨 쉬고 있다고 해도 될 만큼 자주, 또 많이.

30대 중반 무렵 우연한 계기로 성향 검사를 받은 적이 있다. 내 성향과 일치하는 유명 인물을 예로 들어 결과를 설명해주는데 그중 하나가 셰익스피어였다. 그 외에도 소설《빨강 머리 앤》의 주인공 앤 셜리, 영화〈아멜리에〉의 주인공 아멜리에와 성향이 일치한다고 나와 기분이 참 좋았던 것으로 기억한다. 모두 다 내가 아끼는 인물들이었기 때문이다. 무수히 많은 입자로 구성되어 있는 내 의식의 심연에는 셰익스피어의 영혼 한 조각, 앤의 영혼 한 조각, 아멜리에의 영혼 한 조각, 그리고 어쩌면 헤밍웨이의 영혼 한 조각이 녹아 있을지도 모를 일이다. 나는 작고한 유명 작가들과 상상 속의 매력적인 인물들이 내 안에 살아 숨 쉰다고 믿고 싶었다.

파리에서 돌아온 이후 몇 년 동안, 셰익스피어 앤드 컴퍼니에서 피어올랐던 나의 작가 정신을 실현해보려 노력했다. 하지만 쉽게 써질 것이라 믿었던 건 나의 오만이었다. 처음에 몇 줄인가 써보았지만 썩 마음에 들지 않았다. 그렇게 몇 년이 흘러 겨우 한 권의 에세이를 썼지만 그 또한 도통 마음에 들지 않았다. 마흔이 점점 가까워지자 다급해졌다. 스스로 한 약속을 지키지 못할 것 같아 괴로움이 밀려왔다. 그러다가 에세이의 주제를 '일상에서 나를 위로하는 파리'로 바꿔보았다. 그때부터 다시금 내 안의 열정이 피어올랐다. 나는 그 과정에서 아주 조금이나마 예술의 황홀경과 창작의 고통을 경험했다.

예술의 황홀경이란 다른 세계의 문을 열고 들어가, 지금까지 경험해보지 못한 또 다른 자아로 살아가는 것이다. 아주 근사하고 멋진 일이었다. 그러나 창작의 고통 또한 무시무시했다. 글이 잘 써지지 않는 날이면 이대로 내가 영원히 쓰지 못하게 될까 봐 겁이 났다. 모처럼 찾은 행복이 이대로 소멸해버릴지 모른다는 두려움은 나를 하루 종일 글의 소재를 찾아 헤매는 방랑자로 만들었다. 헤밍웨이는 펜을 놓고 나서는 이전까지 썼던 글은 생각하지 말고, 다른 생각이나 일을 하면서 신선한 감각을 유지하라고 말했다. 하지만 나는 매 순간 어떤 글을 써야 할지 생각했고, 그것을 찾으려는 집념에 사로잡혀 있었다. 사랑이 집착으로 변하던 순간이었다.

안개 낀 것처럼 뿌연 정신을 맑게 하려면 생각의 스위치가 필요했다. 불안을 농담으로 바꿔줄 수 있는 유쾌한 생각이 필요했다. 그때 생각난 것이 헤밍웨이의 '토끼 발'이었다. 그 또한 글을 쓰는 과정에서 자주 불안을 느꼈던 것 같다. 그래서 행운을 가져다준다는 행동을 자주 하곤 했는데, 그중 하나가 호주머니 속에 토끼 발을 넣고 다닌 것이다. 행운이 필요한 날이면, 그는 호주머니 오른쪽에 마로니에 열매와 토끼 발을 넣고 나갔다. 행운을 자주 염원한 탓이었을까. 토끼 발의 털은 모조리 빠져버렸고, 뼈와 힘줄도 다 닳아 반들반들 윤이 날 정도였다. 호주머니 안감에서 토끼 발톱이 만져질 때면 그는 행운이 여전히 나와 함께 있구나 하는 생각으로 자신을 위로했다. 처음 이 이야기를 접했을 때는, 토끼 발이라니 엽기적인 취향 아닌가 하는 생각이 잠시 들었지만, 창작의 고통을 겪으면서 조금은 그의 마음이 이해가 되었다. 그리고 이윽고 나에게도 헤밍웨이의 토끼 발 같은 행운의 상징이 하나 있으면 좋겠다는 생각이 들었다. 만질 때마다 모든 게 다 잘될 거라고 믿게 되는 그 무언가가.

말 없는 것들의 위로

파리에서 마주한 가장 평화로웠던 순간은 튈르리 정원에서 보낸 한때다. 튈르리 정원을 걸었던 그날, 나는 내 생에서 오랫동안 기억할 만한 햇살의 감촉을 느꼈다. 같은 계절이라 해도 햇빛의 강도나 구름의 양에 따라 날씨는 매일 미세하게 달라진다. 살면서 햇살의 감촉을 느끼고 그것을 명확하게 기억할 수 있는 순간이 과연 몇이나 될까? 우리는 그날 만난 사람이나 장소, 사건에 대해서는 또렷이 기억하지만, 그날의 날씨와 세밀한 분위기는 잘 기억하지 못할 때가 많다.

오후 3시, 나는 한가로이 튈르리 정원을 걷고 있었다. 적당히 따스한 햇살이 내 위로 쏟아져 내렸다. 온몸을 감싸는 태양의 위로가 느껴졌다. 이마에 내려앉은 부드러운 햇살이 내 안의 차가운 고독을 녹여냈는지, 익숙하지 않은 기운에 눈물이 났다. 지금 생각해보면 그것은 아마도 쓸쓸한 영혼을 쓰다듬는 침묵의 위로였던 것 같다.

때는 가을의 오후였다. 온기가 주는 위로는 실로 대단했다. 홀로 또는 여럿이 모인 사람들의 표정에서 천국을 발견할 수 있었기 때문이다. 어쩌면 그것이 천국의 단편일지도 모른다는 생각이 들었다. 거대한 정원에서 따사로운 햇살을 맞으며 한가로운 오후를 보내는 사람들. 시선을 어디에 두어도 녹색인 곳에서 사람들은 각자의 취향에 맞게 평화를 만끽하고 있었다.

카루젤 개선문을 지나자 반듯하게 정돈된 나무 울타리와 함께 드넓은 초록 잔디가 펼쳐졌다. 비스듬한 잔디 위에 무릎을 세우고 앉은 중년 여성이 선글라스를 낀 채 어딘가를 하염없이 바라보고 있고, 다리를 쭉 펴고 앉은 또 다른 중년 여성이 책을 읽고 있는 모습이 보였다. 혼자인 사람들 사이로 국적이 다른 연인, 젊은 연인, 중후한 멋을 풍기는 연인, 초로의 연인이 모두 같은 햇볕을 쬐며 그 순간을 즐기고 있었다.

거대한 정원수 사이에 난 인도 위로는 손을 맞잡고 산책을 즐기는 연인들이 아주 많이 보였고, 당당하게 걸어가는 혼자인 사람들 그리고 자전거를 탄 사람들도 보였다. 그곳에 모인 사람들의 국적과 나이, 성별, 직업은 모두 나열하기 어려울 만큼 복잡하고 다양했지만, 그들에게서 공통적으로 느껴지는 것은 엄청난 평화와 행복이었다. 그 어떤 근심도, 걱정도 없어 보였다.

걸음을 옮기니 초록 의자에 빙 둘러싸인 둥그런 분수대

가 눈에 들어왔다. 아직 가을의 색을 입지 않은 나무들은 여전히 푸르렀고, 붉은 꽃들을 제외하면 사람과 자연, 사물 모두가 하나의 초록 덩어리처럼 보이기도 했다. 의자에 앉은 사람들은 서로 담소를 나누거나 거의 드러눕듯이 앉은 상태로 일광욕을 즐기고 있었다. 그 모습이 너무 편안해 보여서 순간 나도 그 일원이 되고 싶어졌다. 마음에 드는 초록 의자를 골라 그들과 마찬가지로 반 누운 자세를 취했다. 그리고 아주 오랜만에 하늘을 올려다보았다.

구름 한 점 없는 파란 하늘에서 부드러운 태양의 기운이 쏟아져 내렸다. 나는 온몸을 어루만지는 햇살을 느끼며, 프랑스의 천재 시인 보들레르*Charles Pierre Baudelaire, 1821~1867*를 생각했다. 《악의 꽃》에 수록된 시 〈상승〉에는 '말 없는 것들'이라는 표현이 나온다. 그는 이러한 미물들의 말을 굳이 애쓰지 않고도 알아들을 수 있는 것이 축복이라고 말했다. 그날의 내 감정을 잘 설명하는 구절이었다.

초록 의자에 앉은 나는 그 어느 때보다도 강렬한 치유를 느끼고 있었다. 나무, 꽃, 태양, 바람과 같은 말 없는 것들의 위로를 받으며.

보주 광장의 촉감

마레에서 길을 잃었다. 어디로 가는지 도무지 알 수는 없었지만 우선은 발길이 닿는 대로 걸었다. 그러다가 도착한 곳이 보주 광장이었다. 이런 산책 끝에 발견한 장소이다 보니 어쩐지 특별한 의미를 담고 있는 것 같았다. 내가 일부러 찾은 게 아니라, 오로지 느낌에 이끌려 가게 된 보주 광장, 그곳이 내게 보여주고자 했던 건 무엇이었을까?

광장에는 한낮의 햇살을 즐기는 사람들이 많았다. 사람들은 만면에 미소를 띠고 있었다. 그 모습을 보고 있자니, 마음이 진정되기 시작했다. 걸음을 옮길 때마다 오랜 산책에 지친 몸과 삶에 지친 정신적 피로가, 한 겹씩 떨어져 나가는 기분이 들었다. 몇 겹의 피로를 좀 더 떨쳐내기 위해, 나는 벤치에 앉았다.

벤치에는 나무 그늘이 만든 회색 그림자가 드리워져 있었다. 벤치의 절반은 햇살을 받아 빛으로 반짝였고, 나머지 절반은 나무의 모습을 그대로 옮겨놓은 듯한 그림자로 일렁였다.

이따금 바람에 나무가 흔들리면 그 무늬도 같이 사락사락 움직였다. 왼쪽 뺨에는 부드러운 햇살이 내려앉았고, 오른쪽 뺨에는 보리수 향을 실은 바람결이 스쳤다. 광장의 평화가 내게 스며듦을 느끼며 몸을 슬며시 뒤로 기울였다.

문득 지금 이 순간이 액자 속 풍경같이 느껴졌다. 네모난 광장을 둘러싼 보리수나무가 액자의 프레임이고, 나를 비롯한 수많은 사람들이 한 폭의 그림인 것이다. 파릇한 잔디밭 위 소풍을 즐기는 가족, 유모차를 옆에 두고 담소를 즐기는 두 여인, 도시락을 까먹는 학생들, 혼자서 책을 읽거나 사색하며 일광욕을 즐기는 사람들, 모두가 자신만의 방식으로 평화로운 한때를 보내는 중이었다. 보주 광장의 사각 프레임 안에 담긴 이 그림은 따듯한 감정을 전해주었다.

내가 혼자여서 그런지 유독 혼자인 사람들에게 시선이 갔다. 그중에서도 잔디밭 위에 홀로 덩그러니 누워 있던 노신사가 인상적이었다. '반듯하게 잘 차려입고서 어쩜 저렇게 잔디밭에 누울 수 있지?' 베이지색 면바지에 연보라색 셔츠를 입고, 진갈색의 로퍼를 신은 그는 두 발을 포갠 채 편안히 누워 있었다. 그의 얼굴에는 정면으로 내리쬐는 햇살을 가리기 위한 진갈색의 중산모가 놓여 있었다. 모자 밑으로 보이는 백발이 그의 나이를 말해주었다. 글로 다 표현할 수 없는 멋진 분위기가 풍겼다. 근사했다. 단 한마디의 말도 없이 행동 하나만으로, 분위기 하나만으로 사람에게 위안을 줄 수 있으려면, 얼마큼의 세월을 견뎌야 하는 것일까? 그에게서 풍겨오는 평화로운 분위기에 나는 잠시 숨을 골랐다. 모든 것에 날이 서 있던 내 삶이 떠올랐기 때문이다.

현기증 나는 삶이었다. 나는 언제나 그 속에서 고통으로 신음하고 있었다. 시인 보들레르의 말처럼 내 삶은 하나의 병원과도 같았다. 내 안에는 그 병원에 있는 침대를 바꾸고 싶은 열망이 가득 차 있었다. 난로가 가까운 침대로 가면 더 나아지려나? 아니면 선선한 바람이 부는 창가 쪽 침대가 나을까? 그래봐야 어차피 같은 병실 안인데, 마음이 병든 줄도 모르고 나는 침대 위치만 계속 바꾸려 들었다. 실의에 빠져 허우적대는 삶을 살아가면서도 병실 밖을 빠져나올 생각은 하지 못했다. 그저 침대 위치를 바꾸거나 병실 안의 사람들과 쓸데없는 잡담만 늘어놓으며 삶이 바뀌지 않는다고 불평만 하고 있었다. 알을 깨고 나와야 비로소 넓은 세상을 바라볼 수 있을 텐데, 내 안에서 그것을 깰 생각은 하지 않고, 그저 바깥에서 깨주기만을 간절히 바라고 있었다. 하지만 내가 마음을 바꾸지 않는 이상 그 알은 결코 깨지지 않았다. 생각만큼 마음은 그리 쉽게 바뀌지 않았고, 그럴 때면 나만의 정신적 탈출구를 찾으려 무던히 애를 썼다.

하지만 보주 광장에서만큼은 달랐다. 이 장소가 나를 여기로 이끈 이유가 바로 이 때문이었을까? 내가 일상처럼 품고 지냈던 차가운 감정 이면의 것을 느끼게 해주고 싶어서? 내가 바라보는 세상이 전부가 아니라는 것을 알게 해주고 싶어서? 내가 속한 세계에 따사로운 한줄기 빛이 새어 들어왔다.

몇 해가 지난 지금도, 보주 광장에서의 감정은 내 안에 그대로 남아 있다. 그 추억을 떠올리는 것만으로도, 그날 느꼈던 날 것 그대로의 감정이 살아 움직인다. 따스한 햇살이 광장을 부드럽게 감싸 안으면, 보리수가 기분 좋다는 듯 춤을 추고, 사람들이 일제히 웃음을 터뜨린다. 평화로운 보주 광장이 눈앞에 그림처럼 펼쳐진다.

보주 광장의 촉감은 따듯했다. 차가운 몸을 덥히는 차 한 모금처럼.

너에게 진한 키스를 보내

마들렌에서 만난 파리 남자 도미니크와 메일을 주고받을 때의 일이다. 나는 그가 보낸 편지를 읽다가 'Je t'embrasse très fort'라고 적힌 마지막 문장을 보고 멈칫했다. 직역하면 '너에게 진한 키스를 보내'라는 뜻이었다. 마우스를 잡고 있던 손이 일순간 얼어붙고 말았다. 당시 불어 실력이 그리 좋지 않았던 탓에 그 말을 그대로 받아들여 오해를 한 것이다. 그러나 그건 내 무지에서 비롯된, 아름다운 불어에 대한 모욕이었다.

그는 메일 끝에 항상 키스를 보냈다. 메일이 쌓여가면 쌓여갈수록 그 문장에 익숙해졌다. 나중에 그 문장이 친한 사이에 자주 쓰는 따뜻하고 친근한 프랑스식 인사라는 것을 알게 되었다. 프랑스는 '비주(볼 키스)' 문화가 있는 나라다. 서로 마음이 열리면 입술을 오므리고 쪽쪽 소리를 내며 볼 키스를 나누는 것이 그들의 인사법이었다. 하지만 편지상에서는 직접 비주를 할 수 없으니 문장으로서 볼 키스를 보내는 것이다. 문장으로 나누는 키스인 셈이다. 나는 편지를 통해 간접적으로 비주를 경험하고 있었다.

'입맞춤하다'라는 뜻의 프랑스어 동사 'baiser(베제)'는 라틴어 'básîum(바시움)'에서 왔다. 그리고 세월을 거쳐 여러 형태로 바뀌어 현대에 이르러서는 'bise(비즈)'와 'bisou(비주)'라는 단어로 파생되었다. 두 단어 모두 '뽀뽀'라는 의미는 동일하지만 bise(비즈)가 bisou(비주)보다는 좀 더 격식 있는 표현으로 사용된다. 비주라는 단어 자체가 라틴계(프랑스, 스페인, 이탈리아)에서 온 만큼 비주는 프랑스와 더불어 남유럽 국가에서 보편적으로 하는 인사다.

그렇다면 비주에 공식적인 형식이 있을까? 결론부터 말하면 그렇지는 않다. 나라마다, 지역마다, 사람마다 약간의 차이가 존재할 뿐, 상황에 따라 모든 것이 달라진다. 방향도 왼쪽에서 시작하는 사람도 있고, 오른쪽에서 시작하는 사람도 있다. 횟수도 왼쪽 한 번, 오른쪽 한 번으로 끝내는 경우도 있고, 두세 번 더 반복하는 경우도 있다. 만약 비주 문화권의 사람과 볼 키스를 나누게 된다면, 교류하는 사람들의 흐름에 자연스럽게 편승하면 된다. 다만 주의할 점은 입술이 볼에 닿게 하면 안 된다는 것이다. 말 그대로 볼과 볼을 맞대는 볼 키스이기 때문에 입술을 맞추는 일은 없어야겠다.

츠지 히토나리의 파리 에세이《언젠가 함께 파리에 가자》

에는 비주에 대한 에피소드가 나온다. 저자는 프랑스에 산 지 오래되었으면서도 비주를 경험하지 못한 지인의 이야기를 들려준다. 외국인이라서 비주를 경험하지 못한 것은 아닐 텐데, 단 한 번도 비주를 받지 못한 그 남자의 사연은 과연 무엇이었을까? 저자는 그 사람이 풍기는 분위기에 이유가 있을 거라고 했다. 비주는 순수성에 기반한다. 그러니까 '나는 저 사람과 꼭 비주를 해야겠어' 생각하며, 비주를 인사로 보지 않고 스킨십으로 간주하는 음흉한 마음이 원인일 수 있다는 것이다. 책이 출간된 지 한참이 지난 지금, 그는 과연 비주를 경험했을지 궁금해진다.

한편, 프랑스 여배우 카트린 드뇌브*Catherine Deneuve* 주연의 영화 〈더 미드와이프〉에도 비주가 등장한다. 그런데 여기서 비주는 내가 지금까지 알고 있던 것과는 조금 느낌이 다르다. 이 영화에는 35년 만에 만난 엄마 베아트리체가 딸 클레어에게 마지막 손 편지를 보내는 장면이 나온다. 딸 클레어가 편지를 받고 4등분으로 접힌 편지를 펼쳐보는데, 편지에는 그 어떤 문장도 담겨 있지 않았다. 그저 엄마 베아트리체의 빨간 입술 자국만이 덩그러니 찍혀 있을 뿐. 그 입술 자국에는 여러 문장이 압축되어 있었을 것이다. 미안한 마음, 고마운 마음, 부끄러운 마음 그리고 사랑하는 마음…… 말로 표현되지 못한 흩어진 마음 조각들이 입술의 잔주름만큼이나 서로 복잡하게 뒤엉켜 있는 듯하다.

내가 경험했던 비주는 타인에게 따스한 온기를 전하는 인사였다. 그리고 그 인사는, 뜨거운 태양이 어둠을 뚫고 솟아오르는 일이나 봄 햇살이 언 땅을 녹이는 일, 사랑하는 마음이 어두운 감정을 감싸는 일과 닮았다.

머리칼에 파리의 밤이 스쳤다

밤의 센강에, 유람선 바토무슈*Bateau-Mouche*(불어로 남성 명사에 해당)가 나를 기다리고 있었다. 나를 비롯한 다양한 국적의 사람들이 고혹적으로 빛나는 에펠탑 아래의 바토무슈로 모여들었다. 위대한 개츠비를 방불케 하는 화려한 조명의 선상에는 출항을 기다리는 사람들로 가득했다. 그 어떤 파리의 밤보다도 가장 흥분되는 순간이었다. 해가 지면서 주홍빛과 노란빛, 회색빛이 하늘에서 한 폭의 추상화처럼 아름답게 섞이기 시작할 때, 배가 천천히 출발했다. 여기저기서 세계 각국의 언어가 섞여서 들렸다. 나는 그 말의 의미를 전혀 이해할 수 없었지만 이것만큼은 정확하게 알 수 있었다. 그들의 말에는 기쁨과 설렘이 넘쳐흐르고 있다는 것을. 혼자였던 나는 그 기쁨의 언어에 가담할 길이 없어 배의 난간에 기댄 채 그저 센강을 지그시 바라보았다. 조명에 의해 금빛으로 일렁이는 센강*La Seine*(불어로 여성 명사에 해당)은 극적으로 아름다웠다. 내가 바토무슈가 되어 매일 밤 그녀를 마주하게 된다면 반하지 않기란 어려울 것 같았다. 매일같이 일상을 함께하는 그(바토무슈)와 그녀(센강). 그날 나는 그와 그녀의 사랑 이야기를 들여다보는 것처럼 감미롭고 서정적인 밤을 보내고 있었다.

주홍빛 섞인 회색 하늘이 미드나이트블루로 짙게 물들기 시작할 무렵, 그와 그녀의 가이드가 시작되었다. 출렁이는 센강의 흐름에 따라 처음 도착한 곳은 알렉상드르 3세 다리였다. 미드나이트블루 하늘에 떠 있는 교각 위 황금빛 조각상이 에펠탑과 함께 찬연히 빛나고 있었다. 파리 건축물 장식을 보면, 대부분 금색으로 정점을 표현한다. 황금빛을 발하는 모든 것들이 악보를 구성하는 하나의 멜로디라면, 파리의 황금 장식이 각자의 위치에서 맡은 바 최선의 역할을 다할 때 '빛의 환상'이라는 도시의 위대한 음악이 완성된다.

아름다운 알렉상드르 3세 다리에서 콩코르드 광장을 지나 루브르 박물관에 도착했다. 파울로 코엘료*Paulo Coelho*의 《연금술사》를 건축물로 재현해낸다면 아마도 이런 느낌이 아닐까 싶은 장소였다. 영적인 아름다움과 신비로운 감성을 자아내는 한 권의 소설책과도 같은 곳이었다.

머리카락이 바람에 흩날려 뒤에서 앞으로 내 두 뺨을 감싸 안았다. 찰싹 붙어버린 머리카락을 떼어내며 생각했다. 배 안에 침묵하고 있는 사람은 오직 나 하나뿐이구나. 약간만 고개를 돌려도 온통 함께인 사람들이 서로를 응시하며 행복해하는 모습이 보였다. 새하얀 철제 난간에 등을 기댄 채 바람을 즐기는 사람, 뱃머리에서 환호를 지르는 사람, 빛깔이 아름다운 음료를 마시는 사람 모두 즐거운 한때를 보내고 있었다. 나는 머리카락을 쓸어 올리며 다시 풍경으로 시선을 돌렸다.

신비로운 루브르 박물관에서 퐁네프 다리를 지나 오르세 미술관에 도착했다. 모네, 르누아르, 반 고흐, 카유보트, 마네, 드가 등과 같은 19세기 인상주의 화가들의 영혼이 녹아 있는 곳. 하지만 그들의 영혼이 미술관 안에만 있는 것은 아니었다. 나는 파리 곳곳에 그들의 영혼이 녹아 있는 것을 보았다. 심미안을 발휘하면 파리 어디에서든 인상파 그림을 발견할 수 있었다. 방돔 광장에서 반 고흐의 〈별이 빛나는 밤〉을, 몽마르트르에서 르누아르의 〈보트 파티에서의 오찬〉을, 비가 내리던 날 카유보트의 〈파리의 거리, 비 오는 날〉을 떠올린 것처럼 말이다. 파리는 그 자체로 거대한 미술관이었다.

고상한 오르세 미술관에서 나폴레옹이 잠들어 있는 앵발리드를 지나 다시 에펠탑이 있는 선착장으로 돌아왔다. 파리 어디를 가도 보이는 에펠탑이지만 장소마다 느껴지는 뉘앙스에는 약간의 차이가 있었는데, 바토무슈 선착장에서 바라본 에펠탑에서는 사랑이라는 감정이 느껴졌다. 에펠탑은 그와 그녀의 사랑 이야기를 연출하는 영화감독처럼 따스한 분위기를

뿜어냈다. 바토무슈에서 바라본 파리의 밤은 1시간 10분짜리 로맨틱 영화였다. 찰리 채플린*Charles Chaplin, 1889~1977*이 남긴 이 말은 이런 장면을 두고 한 말이 아닐까?

> "부랑자, 신사, 시인, 몽상가, 고독한 자 모두 로맨스와 모험을 동경하는 법이지. 진정한 사랑을 하게 되면 이 세상도 영화처럼 빛나 보일 거야."

나는 부랑자였고, 몽상가였고, 고독한 자였다. 그리고 로맨스와 모험을 동경했다. 그날 파리의 밤이 빛나 보였던 건, 내가 사랑의 감정을 간접적으로 느껴서였을까? 내면의 빛이 켜지며 온몸에 따스한 기운이 퍼졌다. 차갑던 두 손이 온기를 머금었다.

찬란한 고독과 별 헤는 밤

파리에서 장소 자체가 고독하다고 느낀 건 앵발리드와 뱅센성 두 곳이었다. 이곳에서 나는 단순히 혼자여서 느끼는 외로움이 아닌, 공간이 품고 있는 거대한 고독을 느꼈다. 무언가 깊고 본질적인 이유가 장소 안에 녹아 있는 것만 같았다. 그곳의 색깔은 푸르스름한 납빛이었다. 을씨년스러운 감각이 내 온몸을 훑고 지나갔다.

비가 오는 날이었다. 얇은 빗줄기가 이내 굵어지더니 무겁게 쏟아져 내렸고, 묵직한 물방울이 내 우산과 건물을 세차게 두들겼다. 나는 그때 거대한 앵발리드의 돌바닥 위를 걷고 있었다. 군사 박물관, 교회, 정원 등 여러 기념물이 집합되어 있는 복합 건물인 앵발리드에서 내가 선택한 곳은 군사 박물관이었다. 나는 몇몇 이방인들 사이에 섞여 박물관을 향해 가고 있었다. 황금빛 돔 아래에 놓인 적요한 건물 안에서, 누군가의 파란 우산과 공간을 안내하는 파란 표지판만이 유일하게 색깔을 지닌 것처럼 눈에 띄었다. 나는 그 파란 표지판에 적힌 노란 글씨를 따라 천천히 걸었다. 발걸음을 옮기는 곳마다 큼직큼직한 대포들이 미동도 없이, 흐트러짐 없이 놓여 있었다. 그 아찔한 전쟁의 흔적들은 공간의 숨결을, 나의 숨결을 누르고 있었다. 정신이 아득해졌다.

앵발리드에서 느낀 감정이 다시금 재현된 날이 있었다. 맑게 갠 파리의 오후, 나는 뱅센성을 향해 걸어가고 있었다. 드넓은 초원에 외로이 서 있는 성城의 존재가 어쩐지 가련해 보였다. 아무도 없는 벤치에 앉아 시선을 어느 한곳에 고정시켜 놓은 채, 나는 생각했다. 앵발리드처럼 차가운 대포도 없고, 돌바닥도 없고, 비도 오지 않는데 왜 이곳에서 이토록 쓸쓸한

감정이 묻어나는가. 이 장소는 대체, 어떤 슬픔을 안고 있기에 이리도 고독한가.

사전에 뱅센성에 대한 정보를 알고 방문했던 것이 아니기에 그때는 알지 못했다. 이곳이 프랑스 역사상 가장 오래된 중세의 성이면서, 한때는 궁전이었고, 쉼터였고, 요새였고, 감옥이었다는 것을. 이러한 사실을 미처 알지는 못했지만 나는 온몸으로 그곳의 분위기를 읽고 있었다.

나는 그때 릴케를 생각하고 있었다. 장소에 스며들어 있던 차가운 감정이, 그와 유사한 성질의 사람, 내 안에 있는 고독한 남자를 떠올리게 했다. 찬란한 고독을 이야기하는 독일의 시인 라이너 마리아 릴케*Rainer Maria Rilke, 1875~1926*, 뱅센성은 그를 생각하기에 충분한 곳이었다.

나는 릴케처럼 고독을 그토록 아름답게 그려내는 사람을 보지 못했다. 그를 알기 전까지 고독은 언제나 환대받지 못하는 불편한 것이라고 생각했다. 인생을 함께할 친구가 없는, 사랑이 없는, 온기가 없는 그런 상태 말이다.

그러나 때로는 인간에게 고독이 필요하다. 고독에 자리를 내어주어야 할 때가 있다. 내가 파리에 머물던 시기가 그러했다. 고독은 나를 생각하는 시간이다. 더 나아가 삶을 생각하고, 세계를 생각하는 시간이다. 그래서였을까? 파리에서의 나는 그렇게 고독에 내맡겨졌다. 앞으로 다가올 시간이, 다음이 두려웠다. 그 불편한 감정은 날이 갈수록 몸집을 키워나갔다. 파리에 있다는 사실이 무척이나 행복했지만, 혼자 있는 시간은 때때로 과거나 미래로 흘러 다시금 나를 비참한 생각 속에 가둬두었다. 지나간 기억이 나를 짓이기거나 다가올 시간이 나를 뭉개었다. 나는 고독의 밝은 면을 잘 알지 못했다.

멋진 고독을 맛보고 싶었다. 혼자 있는 시간에 나를 판단하거나 채찍질하고 훈계하는 것이 아닌, 나에 대해 좀 더 깊이 알아감으로써 외로움을 찬란하게 만드는 그런 멋진 고독. 그런 고독을 아는 자가 릴케였다. 하지만 파리에 머무를 때는 릴케를 막 알아가던 무렵이라 그가 말했던 고독의 효용에 대해서는 잘 알지 못했다. 릴케처럼 고독을 다루는 기술을 알았더라면 앵발리드와 뱅센성에서의 시간이 그리 외롭진 않았을 텐데. 내 피부를 훑는 차가운 기운을 깨어 있는 지혜로 바꿀 수도 있었을 텐데.

텅 빈 벤치에 묵연히 앉아 있는 그때의 나에게 들려주고 싶은 말이 있다. 릴케가 《젊은 시인에게 보내는 편지》에서 고뇌하는 젊은 시인에게 모든 의문점과 질문들을 "직접 살아보라"고 온 마음으로 부탁한 것처럼, 너도 후회와 그리움에 빠져 있지 말고, 지금이라도 그 모든 것들을 직접 경험해보라고, 직접 살아보라고 말이다.

파리에 다녀온 후에도 계속 고독의 시간이 주어졌다. 무언가를 깨닫는 데 시간이 많이 걸리는 더딘 사람이다 보니, 몇 년에 걸쳐서 나에 대해 생각했다. 릴케가 던진 질문을 곱씹으며 살았다. 나는 어떤 사람인가, 나는 어떤 삶을 살고 싶은가와 같은 물음을 수도 없이 던졌다. 수많은 감정과 생각들이 쌓이고 또 부서지는 것을 바라보았다. 애써 쌓아 올린 해답들이 산산이 부서져 내릴 때마다, 회복하기 어려울 것 같은 나의 상태가 처참해 보일 때도 많았지만, 그 질문들은 오랜 시간에 걸쳐 천천히, 나를 단단하게 만들었다. 나는 그를 통해 조금씩, 고독의 밝은 면을 알아가고 있었다.

시인 윤동주도 나와 같은 마음이었을까? 윤동주는 〈별 헤는 밤〉에서 이런 구절을 남겼다.

별 하나에 추억과
별 하나에 사랑과
별 하나에 쓸쓸함과
별 하나에 동경과
별 하나에 시와
별 하나에 어머니, 어머니,
어머님, 나는 별 하나에 아름다운 말 한마디씩 불러 봅니다다. (……) 프랑시스 잠, 라이너 마리아 릴케, 이런 시인의 이름을 불러 봅니다.

—〈별 헤는 밤〉 중에서, 윤동주 지음

문득 그가 홀로 별을 세며 보냈을 무수한 밤들은 어떤 고독의 얼굴을 하고 있을지 궁금해졌다.

옛것의 고상함

나는 베르사유 궁전에서 구매한 유럽 중세 시대 스타일의 만년필을 손에 쥔 채 상념에 젖어 있었다. 손가락이 펜촉 끝에 닿자 차가운 금속의 기운이 느껴졌다. 부드러운 깃털이 손에 닿을 때마다 조금 간지러웠다. 얼떨결에 구매한 물건이었다. 이 만년필이 내게 온 까닭은 무엇일까? 내가 갑자기 옛것에 끌린 이유는 무엇일까?

파리에서 맞은 어느 아침, 나는 테라스에 앉아 잉글리시 브랙퍼스트 티와 함께 바게트 샌드위치를 먹고 있었다. 테이블에는 빈 노트가 펼쳐져 있었고, 그 옆에는 만년필에 딸려온 까만색 잉크가 놓여 있었다. 아침을 먹으며 미래를 구상할 참이었다. 홍차를 마실 때 단단한 바게트가 입 안에서 부드럽게 풀어지는 것처럼, 생각이 단단히 뭉쳐서 풀리지 않을 때마다 이따금 홍차 한 모금을 입으로 가져가면 긴장된 마음이 부드럽게 이완되었다. 그렇게 찻잔의 3분의 1이 비워졌을 때쯤, 나는 짙은 푸른 빛깔의 깃털이 달린 만년필을 손에 움켜쥐고 작

은 잉크통에 펜촉을 적셨다. 그리고는 새하얀 빈 노트에 무언가를 끄적거리기 시작했다. 내가 잘하는 건 뭐지? 나는 무엇을 할 때 가장 행복한 사람이지?

스스로 이런 질문을 던졌지만 즉각 답을 내놓기는 어려웠다. 나는 깃털 몸통을 콧잔등에 비비적거리며, 부드러운 감촉을 느꼈다. 어딘가에 잠들어 있는 내 신경세포를 살리려는 듯이. 나는 질문에 답을 구하기 위해 두 눈을 감고 지난날 가장 행복했던 순간, 기쁨을 안겨주었던 성취의 순간이 언제였는지 더듬었다.

두 개의 기억이 떠올랐다. 하나는 그때로부터 그리 오래되지 않은 기억이었고, 또 하나는 조금 오래된 기억이었다. 첫 번째는 학부 시절의 일이다. 인문대학 도서관에서 칸막이가 달린 책상에 머리를 파묻고 무언가를 진지하게 들여다보고 있는 내 모습이 머릿속에 어른거렸다. 책상에는 일본어책이 펼쳐져 있고, 그 옆에는 자판기에서 막 뽑아온 고소한 밀크커피가 놓여 있었다. 두 눈을 책에 고정시켜 놓은 채 나는 오른손으로 종이컵을 쥐었다. 아주 익숙해 보이는 동작이었다. 때는 스물두 살의 어느 계절이었다. 나는 커피를 마시면서 공부하는 그 시간을 즐기고 있었다. 책을 눈으로 훑으며 숨을 크게 들이마셨다. 나무 냄새, 땀 냄새, 눅눅한 곰팡이 냄새, 차가운 시멘트 바닥 냄새, 종이 냄새, 커피 냄새가 났다. 온갖 냄새가 녹아든 이 좁은 공간에서 나는 잠깐이지만 몸에 전율이 이는 것을 느꼈다. 공부에 재미를 붙이면서 느낀 감정이었다. 그 순간 나는 퍽 행복했다.

대학생 시절에서 조금 더 시간을 거슬러 올라가니 어린아이 때의 기억이 펼쳐졌다. 녹색 칠판을 보면서 고사리 같은 손으로 노트 위에 무언가를 끄적거리고 있는 어린 내가 보였다. 가까이 다가서니 노트에는 예스러운 한자가 빼곡히 적혀 있었다. 한국어를 깊이 익히기도 전에, 나는 한자에 심취해 있었다. 한자에 담긴 역사나 문화는 이해할 수 없었지만, 아무래도 한자에서 풍기는 분위기를 탐닉했던 것 같다. 연로하신 백발의 선생님의 입에서 나오는 이국의 낯선 언어를 따라 하기를 즐겼다. 그림 그리기를 좋아했던 나는 어쩌면 한자의 생김새를 글씨가 아닌 그림으로, 하나의 예술 작품으로 취급했던 것인지도 모르겠다.

그렇게 나는 초등학교 시절 내내 한자를 습득했다. 당시 또래 아이들에게서는 찾아볼 수 없는, 조금은 낯설고 독특한 취향이었다. 그렇다고 그 당시에 한자를 배우면서 행복하다고 느낀 건 아니었다. 그런데 나는 왜 행복했던 순간을 묻는 질문에 이 기억을 떠올린 것일까? 시간이 흐르고 보니, 어른의 관점에서 그 시절이 행복했다는 것일까? 내가 그때를 떠올린 것에는 분명 어떤 이유가 있을 터였다.

나는 만년필을 다시 손에 쥐고 두 개의 낱말을 적었다. 펜촉이 종이에 닿으면서 사각거리는 소리가 들렸다. '한자', '일본어'. 이 두 낱말이 어떤 관련이 있는지 생각해보았다. 펜촉에 잉크가 충분히 흡수되도록 만년필을 잉크통에 넣어두고 기다리다가, 하나의 결론에 도달했다. 나는 언어로 무언가를 만들어내는 행위를 좋아하는구나! 언어를 쓰고, 말하고, 그리는 것과 같은 행위를.

다시 만년필을 손에 쥐었다. 잉크통에 조금 오래 담가둔 탓에 만년필을 감싸 쥔 검지와 중지에 검은색 잉크가 조금 스며들었다. 손가락에 밴 무늬가, 나를 깊이 생각했던 사색의 시간을 그대로 보여주는 것만 같았다. 깨끗했던 하얀 노트 위에도 까만 잉크 방울이 여기저기 튀어 있었다. 잉크 방울 가장자리에 생긴 번진 자국에서, 깔끔하게 마무리되는 볼펜의 선과는 사뭇 다른 매력이 느껴졌다. 시간을 거슬러 오르는 듯한,

옛것의 고상함이 느껴졌다. 앞으로 이 만년필은 내가 옛 시간을 회상하고 싶을 때, 추억에 잠기고 싶을 때 쓰게 될 것이다. 한때 어린아이였던 나를, 청년이었던 나를, 옛것의 나를 추억하며.

파리 제6의 감각

Aesthetic Sense of Paris

육감

내 영혼에 각인된 파리의 느낌

나는 파리에서 누군가의 정신과 연결되어 있었다.
그 누군가는 산티아고와 헤밍웨이, 로트레크, 샤넬이었다.

루브르 밤의 신비

어스름한 저녁, 나는 파리의 거리를 거닐던 중이었다. 무심한 듯 스쳐 지나가는 사람들 사이에서 외로움을 느끼던 그 순간, 저 멀리서 찬연한 분홍빛을 내는 한 건축물이 눈에 들어왔다. 나의 감정과는 정반대의 분위기를 지닌 건축물이었다. 내 눈에 비치는 저 환상적인 빛이 진짜인지 확인해보고 싶었다. 그리고 그 빛에 가까워졌을 때, 나는 그것이 피라미드 형상의 아름다운 건축물, 말로만 듣던 루브르 박물관임을 깨달았다.

사실 나는 이미 루브르 박물관 주위를 산책했던 경험이 있었다. 그러나 저녁의 루브르는 오후의 파리가 주는 분위기와는 또 달랐다. 보다 더 아름다웠고, 보다 더 신비로웠으며, 보다 더 매혹적이었다. 어쩐지 건축물에서 감정이 느껴지는 것만 같았다.

피라미드형 건축물에서 나오는 분홍빛과 함께 루브르를 가득 채운 색은 강렬한 황금빛이었다. 온화한 기운의 황금빛

은 그곳에 모인 많은 이들을 축복하고 있는 듯 보였다. 침울했던 나의 감정이 그 황금빛에 의해 밝아졌다. 내려간 입꼬리가 서서히 올라가는 것이 느껴졌다. 매우 행복했다.

황금빛과 피라미드의 조합은 파울로 코엘료의 《연금술사》를 떠올리게 했다. 《연금술사》는 주인공 산티아고가 꿈에서 본 보물을 찾기 위해 피라미드로 향하는 여정을 그린 책이다. 나 또한 나의 삶에 숨겨진 보물을 찾는 과정 중에 있었다. 내 인생에서도 연금술을 발휘해보고 싶었다. 구리와 납과 같은 광물을 금으로 바꾸는 신비한 능력이 연금술이라면, 인간의 삶의 여정에서 연금술은 자기 인식과 자기 확신일 것이다. 자신을 이해하고 제대로 인식하면 자기 확신이 생기고 꿈을 이루기 위해 도전할 수 있다. 나는 이 같은 과정을 거칠 때 한 인간이 칙칙한 광물에서 빛나는 보석이 된다고 생각한다. 그러나 나는 꿈을 꾸고 그 꿈을 이루려고 모험을 하는 산티아고와는 정반대의 삶을 선택한 적이 있었다. 몇 번인가 실패를 경험하고 나서 오랫동안 스스로가 패배자라고 느꼈고, 그 과정에서 과연 자아실현이 가능한 일인지, 그리고 누구에게나 마땅히 찾아야 할 인생의 보물이 실재하는 것인지 의문이 들었다. 이러한 의문이 부정적인 확신으로 바뀌었을 때, 한줄기의 빛도 허용하지 않는, 오직 어둠만이 존재하는 두려움의 세계가 나를 잠식하기 시작했다.

실체가 없는 두려움은 영혼의 언어를 차단시켰다. 나는 과거의 실패로부터 벗어나기를 거부했고, 익숙한 안전지대를 벗어나는 것 또한 거부했다. 두려움이 익숙해져 버린 것이다. 기쁨의 순간이 찾아오면 어쩐지 이질감마저 느껴지면서 내가 행복해도 되나 하는 생각이 스쳐 지나갔다.

그러던 어느 날, 문득 이런 의문이 들었다. '나는 왜 나의 삶을 스스로 어두운 세계 속으로 몰아넣고 있는 걸까?' 그때, 어차피 두려움과 희망이라는 극단의 세계는 모두 실체가 없고 눈에 보이지 않는 미지의 영역이라는 사실이 번뜩 떠올랐다. 그렇다면 아무도 결과를 알 수 없는 다가올 일에 대해 두려움이 아닌 '희망'을 선택하는 게 낫지 않을까? 내가 잿빛을 선택할지 금빛을 선택할지, 그것은 온전히 내 생각에 달린 문제라는 걸 깨달았다. 그래서 나는 희망을 선택하기로 했다.

그럼에도 불구하고 두려움은 찾아왔다. 아무리 금빛을 선택한다고 해도 인간으로 살아가는 이상 미지의 것을 마주할 때면 언제나 불안감이 엄습하기 마련이니까. 금빛 세계에서 살아가기로 선택하고 이전과 다른 행복을 느끼며 잘 살아가다가도, 잿빛 세계가 불쑥 튀어나와 나를 잠식할 때가 있다. 그럴 때마다 나를 다시 금빛으로 되돌아오게 하는 생각은 단 하나, 연금술사의 주인공 산티아고에게 배운 '마크툽'이었다.

두려움 또한 신이 어떤 메시지를 주기 위해 일부러 심어둔 것이라면, 그리고 그것을 통해 내가 어떤 것을 배울 수 있다면, 그것이 과연 불행이라고 말할 수 있을까? 이 세상에 태어난 이유가 행복해지기 위해서라면, 그리고 그 행복을 배워가는 모든 과정이 인생 수업이라고 한다면, 나는 지금 깨달음을 향해 가고 있는 학생일 것이다. 모든 것이 신의 손을 통해 우주에 기록되고 있고, 내가 이룩해야 할 무언가 또한 이미 기록되어 있다면, 두려워해야 할 이유는 없다. 마크툽의 원래 뜻은 '기록되어 있다'이지만 나는 이것을 '될 일은 된다'로 해석했다. 그리고 잿빛 생각이 떠오를 때마다 주문처럼 중얼거리고 다녔다.

만약 내가 가는 길이 잘못된 방향이라면 신은 영혼의 언어로 나를 깨울 것이다. 나는 육체가 알아듣지 못하는 말을 영혼은 온전히 이해하고 있다고 생각한다. 내가 생각하는 영혼의 언어란 영혼이 물질세계에 있는 나에게 어떤 느낌을 줌으로써 소통을 시도하는 것이다. 가슴에 감동과 열정이 없으며 마음이 동하지 않는 상태는 영혼이 동의하지 않는 것이다. 반대로 만일 내가 어떤 일에 아무런 대가 없이 기뻐하고 행복해한다면 영혼이 나에게 긍정적인 메시지를 보내고 있는 것이다.

영혼의 언어를 이해하고 두려움을 다르게 인식하자 잿빛 세계가 나타나는 횟수가 점차 줄어들었다. 그러자 사막에 파묻혀버렸던 나의 꿈도 다시금 되살아나기 시작했다. 인생에 숨겨진 보물을 찾아가는 과정에서 만나게 되는 숱한 방해 요소들, 즉 실패, 두려움, 걱정, 불안, 초조, 강박, 분노는 어쩌면, 살면서 반드시 거쳐야 할 인생 수업인지도 모른다. 막다른 골목이라 생각했던 그 지점이 인생의 전환점이나 새로운 기회가 될 수도 있다. 그리고 어쩌면 신이 보내는 표지일지도 모를 일이다.

산티아고가 피라미드로 향하는 과정에서 만났던 늙은 왕과 도둑과 크리스털 가게 주인과 연금술사들은 지나고 보니 모두 보물을 찾기 위해 꼭 필요한 존재였다. 힘들게 벌었던 돈을 모두 날리고, 예상치 못한 낯선 곳에서 일을 하고, 새로운 언어를 배우고, 사막의 모래와 바람을 만났던 것이 결국에는 그를 보물로 이끌기 위한 신의 표지였으며, 그의 인생에 등장한 모든 인물과 사건들이 그의 성장을 돕는 연금술의 과정이었다.

그래서 나는 나의 오늘은 금빛 세계로 향하는 연금술의 한 과정이며, 지나온 모든 과거의 시간들 또한 인생의 연금술을 위해 꼭 존재해야만 했던 사건들이었다고 생각하기로 했다. 지난 잿빛 사건들이 당시로서는 도저히 이해할 수 없는 일들이었지만, 세월이 흘러 보물을 손에 넣게 되는 그날이 오면 알게 되지 않을까? 모든 순간들이 나의 성장을 위해 꼭 필요한 일이었음을.

파리 최초의 카페에서 만난 위대한 작가들

아무 생각 없이 아침 산책을 하던 날이었다. 파리 자체가 예술품이라고 생각하니 딱히 목적지를 정해둘 필요성을 느끼지 못했다. 지하철을 타고 어디에서 내리든, 어디로 걷든, 눈에 들어오는 모든 것이 나의 감각을 매료시킬 만했으니까.

나는 언제나 아침이 되면 커피 한잔을 찾았다. 그날도 그러했다. 길을 걷다 나를 이끄는 카페를 만난다면 따뜻한 카페 크렘 한잔해야지 하는 마음으로 산책을 이어나가던 중이었다. 그때 나의 바람대로 나를 유혹하는 남색 간판의 카페 하나가 눈에 들어왔다. 평소에 매우 좋아하던 컬러가 마음을 자극했던 것도 있지만, 내가 이 카페에 끌렸던 가장 큰 이유는 외관에서 느껴지는 고전적인 아름다움 때문이었다. 카페에 들어가니 이른 아침이라 그런지, 본의 아니게 내가 그날의 첫 손님이 되어버렸다.

안내받은 자리는 카페 입구에서 오른쪽으로 들어가면 나오는 창가 쪽 자리였다. 창문이 활짝 열려 있어 시원한 공기가 들어왔다. 나무 테이블 위에는 흰색 커피 잔과 소서, 유리잔, 나이프, 청동 느낌의 설탕 통이 있었고, 한쪽 편에 있는 또 다른 작은 흰색 접시 위에는 살구, 라즈베리, 딸기 세 종류의 잼이 귀엽게 놓여 있었다.

나는 카페 크렘과 바게트를 시켰다. 주문을 마치고 한국에서의 습관 그대로 핸드폰을 테이블 위에 올려둔 채 창문 쪽으로 고개를 돌렸다. 창문의 프레임 밖으로 펼쳐지는 풍경이 마치 파리를 담은 한 점의 그림 같다고 생각하던 그때, 그 그림 안으로 파리지엔느 한 명이 들어왔다. 그녀는 전체적으로 베이지와 브라운 톤의 옷을 매치해 계절감을 잘 표현해냈다. 짙은 초콜릿색 헤어에 밤색 가죽 재킷과 베이지색 플레어스커트, 그리고 밤색 스타킹에 베이지색 부츠를 신고, 손에는 밤색의 토트백을 들고 있었다. 모든 것이 조화로워 보였다. 그녀의 계절 감각에 감탄하고 있을 때쯤, 웨이터의 다급한 목소리가 들렸다. 창밖에서 누군가 내 핸드폰을 낚아챌 우려가 있으니 조심하라는 말이었다.

핸드폰을 주섬주섬 가방에 넣고 있는데 기다리던 커피와 바게트가 나왔다. 세로 방향으로 먹기 좋게 잘린 바게트와 함께 큼직하게 썰린 버터가 따라 나왔다. 바게트의 질감은 나의 예상과 매우 달랐다. 신선한 바게트란 모름지기 겉은 바삭하고 속은 촉촉한 법인데, 잘 뜯기지 않을 만큼 질긴 걸 보니 전날

만든 빵이 나온 듯했다. 카페 크렘으로 위안을 삼기로 했다.

카페 크렘이 온몸에 스며들자 몽롱했던 정신이 깨어나는 듯했다. 창밖에서 카페 내부로 시선을 옮겼을 때 나는 깜짝 놀랐다. 카페 외부와는 반대로 붉은색으로 휘감긴 내부 인테리어가 매우 강렬했기 때문이다. 강인한 인상의 붉은 벽 위에 걸린 고풍스러운 그림들이 옛것의 고상함을 위엄 있게 풍기고 있었다. 붉은 벽을 감싸고 있는 금색 프레임은 노란빛의 조명을 받아 더욱 환하게 빛났고, 천장의 샹들리에가 그 기운을 이어받아 카페 아래로 거대한 빛을 흩뿌리고 있었다. 어쩐지 색다른 분위기가 느껴졌다. 고전미가 느껴지는 인테리어도 그렇지만, 외적인 아름다움 이상의, 보이지 않는 내적인 매혹이 그곳에 존재했다. 한 공간에는 방문했던 사람들의 감정이 켜켜이 쌓여서 층을 이루고, 그것이 공간 특유의 분위기와 느낌을 만들어낸다. 그렇다면 이곳은 어떤 사람들이 방문했던 곳일까?

나도 그 느낌에 편승했던 것일까? 카페를 사랑했던, 파리를 사랑했던 한 남자가 떠올랐다. 어니스트 헤밍웨이. 머릿속에는 헤밍웨이가 그의 책《파리는 날마다 축제》에서 묘사했던 카페 장면들이 펼쳐졌다. 파리에 머물렀던 시절, 그는 대부분 카페에서 글을 썼다. 마음에 드는 카페 몇 곳을 선정해두고 그날의 기분에 따라 끌리는 카페를 찾아가 글을 썼다고 한다.

그가 묘사했던 카페 풍경 중 기억에 남는 장면이 있다. 커피 받침에 연필을 깎는 모습, 생굴과 백포도주를 즐기는 모습, 세인트 제임스 럼주를 마시는 모습, 그의 지인과 담소를 나누는 모습이 마치 영화의 한 장면처럼 스쳐 지나갔다. 그가 파리를 '움직이는 축제'라고 표현했던 것처럼 그는 파리에서, 그리고 파리 카페에서, 기쁨을 만끽했다. 그의 글쓰기 역사의 일부가 파리 카페에서 탄생했다고 해도 과언이 아닐 것이다. 그에게 파리 카페는 단순히 차를 마시고 식사하는 공간 이상의, 창조적 장소로서 특별한 의미가 있었다.

내가 헤밍웨이를 떠올렸던 것은 어쩌면 그 카페에 녹아 있는 분위기 때문일지도 모른다. 후일 알게 되었는데, 그 고풍스러운 카페는 1686년에 문을 연 파리 최초의 카페 '르 프로코프*Le Procope*'였다. 아무런 사전 정보나 지식 없이 그저 느낌에 이끌려 들어간 그곳이, 나폴레옹과 더불어 몰리에르, 라신과 같은 극작가와 발자크, 위고와 같은 문인들이 드나들었던 문학 카페였다는 사실에 놀라움을 금치 못했다. 사람들이 일부러 시간 내어 찾아가는 그곳을 운 좋게 방문할 수 있었던 것에 그저 감탄할 뿐이었다. 내가 앉았던 그 자리에 젊은 나폴레옹이나 발자크나 위고가 앉았을지도 모른다. 그들의 존재로 그 카페는 자연스럽게 예술 포럼의 장이 되었을 테고, 공간은 그들 영혼의 기쁨과 슬픔, 지성의 생성과 소멸 등을 말없이 지켜보았을 것이다. 어떤 날은 열정의 오후로, 또 어떤 날은 고뇌의 밤으로 물든 시간을, 역사적인 그 카페는 모두 기억하고 있을 것이다.

공간은 감정을 기억하고, 감정은 공간을 기억한다. 영혼의 감정이 기록되어 있는 카페, '르 프로코프'는 수백 년의 감정이 각인된 살아 있는 역사책이며, 지금도 계속해서 업그레이드 중인 현존하는 파리 축제다. 내가 파리 최초의 카페에서 느꼈던 특유의 '분위기'가 어쩌면 여러 영혼들이 남기고 간 감정의 축제에서 온 건 아니었을까? 그게 아니라면 이 느낌을 표현할 방법이 없다. 말 한마디 없이 오묘한 분위기를 풍기는, 존재 자체만으로 빛을 내는 사람을 만났을 때의 느낌이 났으니까.

영혼은 시공간에 의미를 두지 않는다. 그러니 나는 그저 바랄 뿐이다. 르 프로코프를 방문했을 때의 내 영혼이 1800년대에 나와 같은 자리에 앉았을 문인들을 만나 포럼의 장을 열었기를. 커피 한 잔을 앞에 두고 그들과 인생과 철학에 대해 이야기했기를. 그들의 눈에서 열정과 희망의 빛을 읽어냈기를. 그들의 입을 통해 창작의 언어를 배웠기를.

생폴 생루이 성당에서의 낮잠

마레 지구를 얼마나 헤집고 다녔을까. 너무 많이 걸은 탓인지 견딜 수 없을 만큼 졸음이 밀려왔다. 이 상태로라면 서서도 잠을 청할 수 있을 것 같았다. 어딘가에서 잠깐이라도 눈을 붙여야 했다. '사람이 이렇게나 많은데 잠을 청할 만한 곳이 어디 있기나 할까?' 생각하던 그때, 잠시 잠을 청해도 나를 내쫓지 않을 곳이 눈앞에 보였다. 빨간 대문의 '생폴 생루이 성당'이었다.

나는 조용한 건물 안으로 들어갔다. 눈부시게 강렬한, 빨간 성당 문이 열리자 바깥세상과는 정반대인 침잠의 세계가 펼쳐졌다. 나는 평상시처럼 손가락 끝에 성수를 묻혀 정화 의식을 한 후, 기도하는 사람들에게 방해되지 않도록 맨 뒷자리에 가서 조용히 앉았다. 그리고 다른 이들과 마찬가지로 기도에 몰입하는 사람인 양 두 눈을 감고 가지런히 손을 모았다. 누군가 내 모습을 옆에서 지켜봤다면 영락없이 기도하는 사람이라고 생각했을 것이다. 이 성당에 들어온 목적대로 나는 한낮의 단잠에 빠져들었고 그렇게 몇십 분이 흘러갔다.

다시 눈을 떴을 때 그곳은 여전히 고요하고 평화로웠다. 몽롱한 기운이 가시자 문득 나의 낮잠을 받아준 이 공간이 궁금해져서 좀 더 머물다 가야겠다고 생각했다.

파리의 많은 성당이 그랬지만, 내가 단잠에 빠졌던 생폴 생루이 성당도 하나의 예술작품 같았다. 하지만 분위기는 조금 달랐다. 유명 관광지 같은 화려한 외관은 없었지만, 담백하면서도 세련된 고독감이 묻어났다. 나는 자리에서 일어나 성당 안을 거닐었다.

성모 마리아상 앞에서 걸음을 멈추었다. 침묵의 공간 안에서 붉게 일렁이는 빛의 물결들. 묵연한 촛불 앞에서 작게 고개를 숙인 채 기도하는 사람들이 보였다. 그 사람들에게서 무언가를 위해 간절히 기도하던 지난날의 내가 보였다. 고요한 성당에 앉아 물끄러미 천장을 올려다보던 내 모습이. 스테인드글라스 색색의 무늬를 바라보던 내 모습이. 이내 참을 수 없어 눈물을 터뜨렸던 내 모습이. 쏟아지는 눈물을 화장지로 감당할 수 없어 옷소매로 훔쳐내던 내 모습이. 회색 맨투맨 소매가 진한 회색으로 바뀐 것을 내려다보던 내 모습이.

나는 그때를 회상하며 다시 두 눈을 감고, 두 손을 모았다. 그리고 바랐다. 다가올 미래에 부디 신의 가호가 있기를. 꽉 쥔 두 손을 풀고 눈을 뜨자 출구 쪽 뒷좌석에 나와 같은 처지

의 사람들이 몇몇 보였다. 관광객이면서 동시에 신성한 기운을 느끼고 싶은 간절한 누군가가.

육중한 문을 밀고 나왔을 때, 나는 다시 하루를 이어나갈 힘이 생겼음을 느꼈다.

길을 잃은 파리의 밤에

밤이 깊어졌다. 이제 숙소로 돌아가야겠다고 생각했을 때, 빛나는 MK2 비블리오테크 극장의 네온사인이 눈에 들어왔다. 극장 옆에는 현대식 고층 빌딩이 서 있었다. 무작정 여기저기 걷다 보니 나도 모르게 14구까지 온 것이다. 최종 산책지가 이토록 낯선 프랑스 국립도서관일 줄이야.

사실 그날 밤의 산책은 길을 잃어서 시작된 것이다. 파리의 또 다른 매력을 발굴하고자 했던 것도 아니었고, 길 가다 근사한 식당을 만나면 이른 저녁을 먹고 서둘러 숙소로 돌아갈 참이었다. 그런데 아무리 걸어도 근사한 식당은 나오지 않았고, 도로만 계속 이어질 뿐이었다. 눈앞에 보이는 건 도로를 달리는 자동차의 행렬과 유유히 흐르는 센강뿐이었다. 조금만 더 가면 괜찮은 곳이 나올 거야 하며 무작정 걷던 것이 1시간이 되고, 2시간이 되자 얼굴색이 거무튀튀해졌다. 생각해보니 그날 먹은 거라곤 센강 컨테이너 가게에서 사 먹은 밋밋한 핫도그 하나가 전부였다. 핫도그는 이미 산책을 하면서 소화

된 지 오래였고, 배 속은 텅 비어 있었다.

결국 그 어떤 식당도 찾지 못하고 흘러 흘러, 국립도서관 앞까지 오게 된 것이었다. 파리의 밤을 밝히는 도서관 앞을 지나며 조금만 더 힘을 내보기로 했다. '오늘 저녁은 그냥 집에 가서 먹지, 뭐.' 근사한 식당 찾기는 포기하기로 하고 근처에 있는 지하철역을 찾아 나섰다. '여기 파리 맞아?' 내가 알던 고전적인 파리의 모습과는 달리, 매우 신식의, 현대적인 모습을 한 지하철역이 눈앞에 펼쳐졌다. 메트로 14호선의 종점, 비블리오테크역이었다.

이 많은 사람들이 대체 어디 있다 온 것인지, 방금 전까지 혼자였던 것이 무색해질 만큼 역에는 사람이 가득했다. 나는 바삐 움직이는 파리지앵 틈 사이에 끼여 서둘러 발걸음을 옮겼다. 아사 직전이었다. 그런데 경찰로 보이는 제복 차림의 남자가 나를 불러 세웠다. "저기요, 탑승권 좀 보여주시죠." 말로만 듣던 탑승권 불시 검문이었다. 오른쪽 주머니에서 나비고(파리와 파리 근교에서 이용 가능한 교통카드)를 꺼내 보여주었다. "사진 부착이 안 되어 있군요. 벌금을 내셔야 합니다." 당황스러웠다. 알고는 있었지만 귀찮았던 탓에 따로 사진을 붙이진 않았었다. "제가 외국에서 온 여행자인데, 한 번만 너그러이 봐주시면 안 될까요? 그리고 제가 지금 현금이 없어서요." 제복 입은 두 남자가 나를 에워싸며 말했다. "카드도 됩니다. 카드로 지불하시죠." 울상 짓는 얼굴로 나는 카드를 내밀었다. 내 속을 아는지 모르는지 카드 단말기는 약을 올리듯 거친 소리를 내며 하얀 영수증을 뱉어냈다.

낯선 타지에서 배고프고, 외롭고, 급기야 벌금까지 내고 나니 서러운 마음이 밀려왔다. 그날은 파리에 온 지 7일째 되는 날이었다. '이제 그만 한국으로 돌아가고 싶어.' 불현듯 올라오는 우울한 기운에, 나는 어안이 벙벙했다. 그토록 오고 싶었던 파리인데 갑자기 집에 가고 싶다니. '벌금 좀 물었다고 이렇게 나약해질 일이야?' 두 개의 자아가 충돌하고 있었다. 나는 다음 날 아침이라도 당장 귀국하겠다는 기세로 비행기 표를 검색하고 있었다. 3일 뒤면 어차피 가기 싫어도 가야 할 텐데 그걸 참지 못하고 되돌아갈 생각을 하고 있다니, 나조차도 이런 나를 이해하기가 좀 어려웠다.

낭만이 흐르는 도시 파리에서도, 혼자라는 존재의 외로움은 결코 이겨낼 수 없었던 것일까? 나는 누구보다 혼자만의 시간을 잘 다루는, 고독을 즐기는 사람이라 자부했는데, 실상은 그저 외로움을 미화하려는 헛된 착각에 빠진 사람이었을까? 많은 생각들이 마음속에서 생겨났다가 사라지기를 반복했다.

우여곡절 끝에 지하철을 타고 집에 돌아왔다. 이것저것

닥치는 대로 집어먹고 나니 그제서야 머리가 제대로 돌아가는 것 같았다. 그리고 한국에 가고 싶다는 생각도 자연스레 사라졌다.

나는 왜 그렇게나 예민하게 반응했던 것일까? 어쩌면 단순히 물리적으로 길을 잃은 걸 넘어서, 인생의 방향을 잃어버린 것 같은 쓸쓸한 마음 때문이었는지 모른다. 움츠린 영혼이 심연에 있는 나의 고독함을 건든 것인지도 모른다. 씁쓸함이 밀려왔다.

나는 파리에 오기 전부터, 미지의 것에 불안을 자주 느꼈다. 그리고 나의 가치를 느낄 수 있을 만한 삶의 본질과 소명을 찾고 있었다. 확신이 없었다. 그래서 스스로에게 많은 질문을 던졌다. 지금 내가 하고 있는 일이 나에게 잘 맞는 일인지, 그렇다면 나는 그 일을 진정으로 아끼고 있는지, 그것이 아니라면 앞으로의 삶에서 내가 무엇을 선택해야 행복할 수 있을지에 대해 생각하며 밤잠을 뒤척이곤 했다.

길을 잃은 파리의 밤에, 어두운 것이 안에서 바깥으로 흘러나왔다. 그 어두운 느낌은 나로 하여금 생각하게 했다.

'뭐가 날 기쁘게 하지? 내가 행복하려면 뭘 해야 하지?'

14구 거리를 헤매던 것과 같이 팔짱을 끼고 거실을 서성였다. 이번에는 외적인 길이 아니라 내적인 길의 방황이었다. 테라스 밖의 파리는 경쾌했고, 내가 있는 파리는 고요했다.

나를 사색하는 여행

사크레쾨르 대성당 앞 계단에 쪼그리고 앉았다. 앞에는 파리의 전경이 시원하게 펼쳐져 있었고, 내 옆에는 할머니와 개 한 마리가 있었다. 견종을 가늠할 수 없는 개였다. 누런색과 검은색의 짧은 털이 거칠게 나 있고, 옅은 갈색 눈을 지녔다. 늠름하고 기세 좋게 생긴 이 개는 나와 마찬가지로 고개를 요리조리 돌려가며 풍경과 사람들의 모습을 유심히 살폈다.

이 개는 이제 막 세상을 알아가는 단계의 눈빛이 아닌, 그동안 참 많은 일이 있었다고 말하는 것 같은, 사람의 말을 이해할 것 같은 눈빛을 하고 있었다. 그 늠름한 자세와 눈빛에 빠져, 나는 개의 옆모습을 한참이나 바라보았다. 그는 미니어처가 되어버린 파리를 내려다보며 과연 무슨 생각을 했을까?

사색의 기운은 나에게도 스며들었다. 나는 발아래로 펼쳐진 파리의 어딘가에 시선을 고정시켰다. 내 눈빛이 멈춘 곳은 루브르 박물관도 에펠탑이나 튈르리 정원도 아니었다. 눈은 그저 열려 있을 뿐, 나는 내 안의 나를 바라보고 있었다.

내 생각은 과거 어디쯤에 이르러 멈추어 있었고, 그 시간은 나를 눈물짓게 했다. 그것은 파리를 위한 것도, 내 옆의 개를 위한 것도 아닌, 오로지 나를 위한 눈물이었다. 그때를 기억하자 마음 한구석이 따끔거렸다.

계단에 앉기 전까지 나는 분명 행복하다고 생각했다. 빈티지 상점에 들러 기념품을 구경하고 길거리 공연을 보며 어린아이처럼 기뻐하던 나였다. 그런데 희미한 파리 전경을 바라본 이후부터 나는 머리가 지끈해질 만큼 울음을 쏟아내고 있었다. 결코 열어서는 안 될 마음의 상자를 열어버린 것일까? 혼란스러웠다. 사실 나에게는 감춰두고 싶은 기억이 몇 개 있다. 그중 하나가 예기치 않은 시점에 불쑥 튀어 오른 것이다.

보이게 않게 잘 숨겨둔 줄 알았는데, 어둠 속에 가둬두면 그대로 소멸해버릴 줄 알았는데.

파리에 오기 전 나는 무척이나 지쳐 있었다. 그런 내게 해줄 수 있는 말이라곤 이것뿐이었다.

"그동안 많이 힘들었지. 여기까지 오느라 고생 많았어. 힘들면 힘내지 않아도 돼. 너무 애쓰지 않아도 돼. 그동안 힘들었던 일들은 내가 기억하고 신이 기억해. 이제 곧 보상받을 날들이 찾아올 거야. 찬란하게 빛나는 날들이 찾아올 거야."

뻔하지만 힘이 나는 말, 나는 그 말에 위로받고 있었다.

희미한 파리의 전경에서 시선을 거두어 다시 개를 쳐다보니 나를 보며 꼬리를 살랑거렸다. 네 생각이 멈추기를 기다렸다는 듯이, 나를 쓰다듬어주기를 기다렸다는 듯이. 개를 귀여워하니 할머니가 싱긋 미소를 지어 보였다. 나도 젖은 눈으로 미소를 보냈다. 사색하는 개와 작별 인사를 나누고 다시 성당 쪽으로 걸어 올라갔다.

웅장한 비잔틴 양식의 성당 한가운데에는 구스타보 미생이 조각한 예수 성심 조각상이, 조금 아래로 내려온 양 옆에는 생 루이 청동상과 잔 다르크의 청동상이 자리 잡고 있었다. 회

색의 예수 성심상과 달리 두 청동상은 맑은 청록색으로 밝게 빛나고 있었다. 말을 타고 있는 두 인물이 금방이라도 살아 움직일 것처럼 역동적인 자세로 성당 앞을 지키고 있었다.

성당의 문은 활짝 열려 있었고 문 앞에는 차가운 얼굴의 경호원 두 명이 서 있었다. 블랙 수트 차림의 두 남자는 끊임없이 무언가를 경계하며 성당 안의 평온함을 지키려는 듯했다. 마침 안에서는 미사가 진행되는 중이었다. 믿는 사람과 믿지 않는 사람이 한데 뒤섞여 넓은 성당이 가득 메워졌다. 푸른빛 배경의 돔 천장에는 가슴에 황금빛을 품은 예수가 두 팔을 활짝 벌리고 있었다. 나는 마음으로 그 품에 안겼다.

돌이켜 생각해보면 파리에서 혼자 여행할 수 있었던 건, 어딘가 믿는 구석이 있었기 때문이다. 밤늦게 집으로 향하는 길이나, 으슥한 길을 지날 때, 집시들이 나에게 다가오려 할 때, 나는 언제나 마음속으로 나를 지켜주는 수호천사를 불렀다. 주문을 외치고 나면 불안했던 마음이 이내 잠잠해지며 평온을 되찾을 수 있었다. 혼자서 파리에 갔다는 건, 나로서는 대단한 모험이었다. 내가 여행하는 곳이 금방이라도 한국으로 되돌아올 수 있는 거리라면 작은 용기로도 충분했겠지만, 11시간의 비행 끝에 나와 전혀 다른 생김새의 나라로 혼자 여행을 간다는 건 어느 정도 큰 용기가 필요했다.

누군가 내게 말했다. "어떻게 혼자 여행해요? 무섭지 않아요? 나라면 못할 것 같아요." 나는 잠시 생각을 하다가 이렇게 답했다. "혼자 여행하면 좋은 게, 나에 대해 생각하고 좀 더 깊이 알 수 있는 기회가 생겨요. 지금껏 알지 못했던 나를 발견할 수 있어요."

경건한 음악 소리가 성당 안에 울려 퍼졌고, 모두들 고요 속으로 침잠했다.

혼자 여행한다는 건, 나를 사색하는 기회다.

물랭루주와 생의 슬픔을 그려내는 사람

몽마르트르 언덕을 내려오자 거대한 빨간 풍차가 있는 건물이 보였다. 프랑스의 역사적인 극장 '물랭루주'였다. 1889년에 개관한 물랭루주는 프렌치 캉캉을 비롯한 예술적인 카바레 쇼로 잘 알려져 있다. 물랭루주는 프랑스의 국민 가수 에디트 피아프와 이브 몽탕이 처음 만난 곳이나, 영화 〈물랭루주〉의 배경지로도 유명하지만, 나는 여러 장면들을 제쳐두고 물랭루주 구석 어딘가에서 술을 마시며 그림을 그렸을, 키 작은 한 남자를 떠올렸다. 그의 이름은 앙리 드 툴루즈 로트레크*Henri de Toulouse Lautrec, 1864~1901*. 강렬한 빛을 내뿜는 빨간 풍차를 바라보며, 나는 그를 생각했다.

당시 귀족 신분이었던 로트레크가 카바레에서 그림을 그리게 된 사연은 무엇이었을까? 자신을 이전과 전혀 다른 삶으로 내몰았던 이유는 무엇이었을까? 지금까지 한 번도 가보지 않은 길, 한 번도 하지 않은 경험을 선택한 이유는 무엇이었을

까? 캄캄한 방에서 홀로 빛을 발하는 쓸쓸한 조명등 같은 삶을 살았던 그는, 상처받은 영혼이었다.

그는 선천적으로 뼈가 매우 무르고 약했다. 당시 빈번하게 일어난 근친혼(귀족 간의 근친혼은 가문의 생존을 위한 수단이었다)에 의해 유전적으로 병약한 체질로 태어난 것이다. 그런데 이런 그에게 두 번의 골절 사고가 일어났다. 감수성 예민했던 열네 살의 그는, 더 이상 하반신이 자라지 않는다는 비극적 현실을 받아들이기 힘들었을 것이다. 그의 키는 152cm에서 더 이상 자라지 않았다. 이러한 체질 때문에 어려서부터 승마나 사냥과 같은 귀족 문화를 즐길 수 없었다. 아버지마저 그를 미워하고 조롱했다. 가문의 명예가 더럽혀진다는 이유로 그에게 가명을 쓰도록 강요하기까지 했다. 그의 젊은 날은 슬픔으로 물들었고, 상처받은 그의 영혼은 마음 둘 곳이 필요했다. 그래서 그는 스물두 살이 되던 해 집을 떠나 몽마르트르로 향했다.

그는 미친 듯이 그림을 그리기 시작했다. 그가 한 말을 보면 왜 그토록 그가 그림의 세계에 몰두했는지 알 수 있다.

> "내가 그림을 그리게 된 것은 우연에 지나지 않는다. 내 다리가 조금만 길었더라도 나는 결코 그림 따윈 그리지 않았을 것이다."

그림에 몰두하면서 자신만의 예술 색채를 찾고 멋진 화가로 성장할 수 있었지만, 그럼에도 자신의 신체에 대한 주위 사람들의 따가운 시선만큼은 견디기 힘들었다. 그런 그를 버티게 한 것은 술이었다. 술 아니면 그림, 그림 아니면 술로 버티는 삶이었다. 그래서 그는 당시 파리 사교계의 정점에 있었던 물랭루주 지배인에게 자신이 술집 홍보 포스터와 그림을 그려줄 테니 무제한으로 술을 제공해달라고 말했다. 그렇게 해서 물랭루주와 로트레크의 관계가 형성되었다.

그는 물랭루주에서 주로 환락가 사람들의 모습을 그림에 담았다. 그의 그림을 본 많은 사람들이 그를 환락가의 퇴폐 화가라 불렀지만 그는 개의치 않았다. 어쩌면 그는 환락가 사람들에게 자신을 이입했던 것인지도 모른다. 사회적으로 인정받지 못하는 가난하고 초라한 사람들의 모습에서 자신을 보았

—— 앙리 드 툴루즈 로트레크, 〈물랭루주에서의 춤〉, 1890년, 캔버스에 유채, 116×150cm, 필라델피아 미술관 소장.

던 것인지도 모른다. 그는 상처받은 자신의 영혼을 그렸다. 술에 취해 동공이 풀린 사람의 눈을 통해 상체를 훤히 드러내 보인 채로 질펀하게 앉아 있는 여인의 뒷모습을 통해, 고난한 생을 풀어내는 무용수의 현란한 춤 동작을 통해, 그리고 혼자 술을 마시고 있는 외롭고 쓸쓸한 여인을 통해서 말이다. 그의 친구들은 밤의 세계와 친근했던 매춘부나 무희와 같은 몽마르트르 사람들이었다. 로트레크에게 그녀들은 삶이자 친구였고, 사랑하는 사람이자 훌륭한 모델이었다.

그가 그림을 그리지 않을 때는 그 자리를 술이 차지했다. 그는 독한 코냑과 압생트를 반반 섞어 마시며 술에 의존한 채 살아갔다. 하지만 술은 단순한 유희를 넘어 점점 그의 영혼을 잠식했고, 그는 서른다섯 살이 되던 해 급기야 알코올 중독으로 병원에 입원했다. 초점 없는 그의 삶은 뒤틀리고 흔들리다가 이내 무너져 내렸다. 그의 세상이 소멸한 것은 서른일곱이 되던 해였다. 그는 이런 말을 남기고 육체를 벗어났다.

"산다는 것은 충분히 슬픕니다. 그래서 그것을 사랑스럽고 즐겁게 나타내야 하지요. 푸른색과 붉은색 물감이 존재하는 이유는 바로, 생의 슬픔을 그려내기 위해서입니다."

그는 살아 있는 동안 자신의 상처받은 영혼을 치유하기 위해 푸른색과 붉은색 물감을 활용했다. 두 개의 물감을 손에 쥐고 있는 한, 생기 없는 회색 삶 따위 쉽게 덮어버릴 수 있다는 듯이.

만약 영혼들의 세계에서, 영혼의 성질과 기질에 따라 그 부류를 나눌 수 있다면 나는 아마 로트레크의 영혼과 같이 분류될 것이다. 또 만약 영혼들 간에 자신의 취향에 맞는 소셜 클럽을 만들 수 있다면 나는 아마 그와 같은 클럽의 회원이 될 것이다. 그의 영혼에서 나의 모습을 보았기 때문이다.

물랭루주를 뒤로하고 거리를 걸으며 생각했다. 푸른색과 붉은색이 그의 영혼을 어루만졌다면, 나를 버티게 하는 건 무엇일까? 도로를 따라 쭉 걸어 내려오니 큰 사거리가 나왔다. 어디로 가야 할지 정하지 않은 탓에 시원하게 뻗은 도로 앞에서 나는 그만 방향을 잃고 말았다.

파리에서 돌아온 이후의 삶도 그와 다르지 않았다. 나는 마음의 빈자리를 채울 무언가를 애타게 찾고 있었다. 그 무엇은 요가가 되었다가, 커피가 되었고, 또 명상이 되었다. 그렇게 무수히 반복하기를 몇 년, 드디어 내 마음이 쉴 곳을 찾았다. 바로 '쓰기'였다. 말로 표현하지 못하는 수많은 감정들을 글로 풀어낼 때, 나는 평화를 얻었다. 7년 전 몽마르트르에서 내게 던졌던 질문의 답을 최근에 이르러서야 발견한 셈이다. 쓰는 행위는 그 어떤 것보다 내가 온전히 살아 있다고 느끼게 해준다. 내 인생에서 쓰기란, 툴루즈 로트레크의 파란 물감과 빨간 물감이다.

베르사유 궁전 거울의 방에서

베르사유 궁전의 거대한 황금빛 대문을 지나 거울의 방에 도착했다. 천장화 아래로 샹들리에와 황금 촛대, 그리고 거울로 된 통로가 길게 늘어서 있었다. 여러 국적의 사람들이 호기심 어린 눈빛을 반짝이며 거울의 방을 둘러보고 있었다. 나는 무리에서 혼자 떨어져 나와 그 장면을 바라보며 생각했다. '저 찬란한 빛의 세계에서 빛나지 않는 것은 오직 나 하나뿐이구나.' 그곳에서 빛의 축복을 받지 않은 것은 없었다. 내 마음을 알아줄 만한 것을 굳이 찾자면 바닥에 드리워진 창문의 그림자뿐이었다. 그림자는 창문의 앞모습 그대로를 찍어낸 격자무늬를 바닥에 드리우고 있었다.

사람들과 거리를 두며 거울의 방을 산책하듯 거닐었다. 걸음을 옮기고 또 옮겨도 벽에 붙은 거울은 계속해서 나를 비추었다. 문득 어린 시절에 가지고 놀았던 만화경이 떠올랐다. 작은 구멍 안을 들여다보면 끝도 없이 거울의 세계가 펼쳐지고, 그 속에는 알록달록한 색종이 조각들이 보였다. 거울의 방에 있는 내가 마치 그 색종이 조각이 된 것만 같았다.

이리 움직이고 저리 움직여도 보이는 거울 속의 나, 여러 개의 나를 보며, 생각했다. 내 안에 존재하는 무수히 많은 자아 중에서 가장 마음에 드는, 가장 이상적인 자아를 선택할 수 있다면 얼마나 좋을까? 안타깝게도 그때의 나는 거울에 비친 내가 썩 마음에 들지 않았다. 삶의 정수를 찾지 못해 자주 방황했던 나는, 어디로 가야 할지 몰라 늘 불안하고 초조했다. 리허설도 없는 인생이라는 연극 무대에서 다음 챕터가 다가오기를 간절히 바랐다.

푸른색 앙고라 니트를 입은 내 모습이 왼편 거울 속에 비쳤다. 거울 밖의 나와 거울 안의 나, 두 눈이 마주쳤다. 나는 거울에 조금 더 가까이 다가가서 걸었다. 사색을 하면서 이따금 고개를 돌려 거울 속의 나를 힐끗 바라보았다. 금색 테두리를 두른 큼직한 거울 하나를 스쳐 보낼 때마다 나는 스스로에게 묻고, 또 답을 구했다.

육체보다 먼저 생긴 영혼에게는 저마다 뚜렷한 삶의 목적이 있다는데, 그렇다면 나의 영혼은 무엇을 실현하고 싶어 이 세상에 온 것일까? 이번 생에서 나를 통해 이루고 싶은 삶의 정수는 도대체 뭐지? 세상에 존재하는 모든 것에는 각자의 언어가 있다는데, 그렇다면 내 영혼, 심연의 나와 소통하려면 어떻게 해야 하지? 거울의 방의 끝에 다다랐을 때, 이 사색의 순간을 기록해두고 싶어 핸드폰을 꺼내 들었다. 사진에는 포니테일을 한 동양인 여자 뒤로, 낯선 이방인이 브이 자를 그리고, 그런 그의 익살에 미소 짓는 내 모습이 담겨 있었다. 거울 안의 나와, 거울 밖의 내가 함께 찍혀 있었다.

툭툭 올라오는 말소리들. 스치듯 지나가는 느낌들. 파리에 오기 전까지 나는 무언가를 해보고 싶다는 의지와 열망, 희망으로 가득 차 있었다. 그런 것들이 시도 때도 없이 내 안을 드나들었다. 그때는 잘 알지 못했지만 내 안을 수도 없이 드나들던 무형의 언어들이, 어쩌면 내 영혼이 건네는 말이었을지도 모르겠다.

내가 베르사유 궁전 거울의 방에서 듣기를 원했던 영혼의 언어란 바로 그런 것이다. 내가 파리에 갈 수 있었던 것도, 내 안에 떠오른 말을 건져 올렸기 때문이다. 내 생애 첫 유럽 여행지가 파리가 되어야 하는 이유를 내 영혼은, 심연의 나는, 알고 있지 않았을까? 단순히 여행뿐만이 아니었다. 파리 이전의 삶에서 나는 의욕이 솟는 대로 바로 행동에 옮겼다. 그 가운데 몇 개는 성공했고, 몇 개는 실패했다. 그러나 나는 실패에 집중했고, 그것은 내 안에 그림자를 드리웠다.

그토록 열망하던 파리에 가서도 이따금 외롭고 고독했던

건 내 안에 품고 있던 그림자 때문이었다. 오직 빛만이 아름다운 것이라 여겼기에 나는 내 안의 그림자를 좋아하지 않았고, 보지 않으려 했다. 더 이상 영혼의 언어를 듣지 않는 삶을 살게 되었다. 내 마음 깊은 곳에서 올라오는 말을 듣지 않았고, 내 온몸을 감싸는 느낌을 가벼이 취급했다. 급기야 심연의 나는 더 이상 어떤 말도 하지 않았고, 나는 결국 무기력증에 빠져버렸다. 내 영혼에게서 그 어떤 말도 들리지 않을 때, 나는 살기 위해 이 말을 붙잡았다.

"메멘토 모리*Memento mori*."

"자신의 죽음을 기억하라" 또는 "너는 반드시 죽는다는 것을 기억하라"라는 뜻의 라틴어다. 아무것도 하고 싶지 않을 때 나는 이 말을 되뇌었다. 내가 생에 대한 탄식을 멈추지 않는 순간에도 나는 삶보다는 죽음에 가까워지고 있다는 걸 인식하기 위함이었다. 나에게는 오로지 인생의 편도 티켓만이 들려 있을 뿐이다. 지금 이 순간에도 나의 시간들은 계속해서 죽음을 맞이하고 있다.

이렇게 죽음에 대해 생각하면서 새로운 사실을 깨달았다. 영혼의 침묵 또한 영혼의 언어다. 검은 먹구름도 그 뒷면은 태양빛으로 밝게 빛이 나듯, 언제나 보이는 것 이면에는 보이지 않는 것이 있다. 삶에서 탁월한 깨달음이 필요할 때 우리 마음은 온통 회색으로 가득 찬다. 그 회색의 이면에는 또 다른 무언가가 존재한다. 나는 그 이면의 것들을 찾아내기 위해 내게 주어진 침묵의 시간을 묵묵히 견뎠다. 얕은 숨소리만이 오고 가는 적요한 시간 속에서, 나는 '살아 있기에' 느낄 수 있는 여러 감정들을 만났다. 밀려오는 감정을 막지 않았고 빠르게 사라지는 감정을 막지 않았다. 그러는 동안 몇 번의 계절이 지나갔고, 나이를 먹었다. 그리고 마침내, 그림자만이 덩그러니 남아 있던 내 안에 작은 빛 하나가 켜졌다.

흑과 백이 교차하는 세계에서 샤넬을 만나다

캄봉*Cambon* 거리를 걷다가 우연히 샤넬 매장을 발견했다. 투명한 유리창 너머로 블랙 샤넬 백이 보였다. 나는 가던 길을 멈추고 그 자리에 서서 유리창을 말없이 바라보았다. 영화 〈티파니에서 아침을〉에서 오드리 헵번이 그랬던 것처럼.

백을 사려고 그런 것은 아니었다. 그저 예전부터 존경해 왔던 샤넬의 정신을 생각하기 위해서였다. 독특하고도 매력적인 그녀의 정신을.

내가 주목했던 건 그녀의 어린 시절이었다. 지금의 샤넬이 그녀의 어린 시절에서 비롯되었기 때문이다. 그녀는 아버지를 떠나 어린 시절 오바진 수도원에서 지냈다. 그녀에게 수도원은 상상력을 키워준 곳이나 다름없었다. 평소와 같이 공상을 하던 어느 미사 시간, 우연히 고개를 돌려 바라본 스테인드글라스의 납빛 창틀에 비친 특이한 무늬가 어린 샤넬의 시선을 사로잡았다. 그녀의 눈에는 그것이 두 개의 'C'가 교차된 것으로 보였다. 어린 샤넬은 먼 훗날, 그것이 샤넬의 상징이

될 것이라는 사실을 알기나 했을까? 우연인지 운명인지 모를 수도원에서의 생활은 몇 년간 계속되었다. 그리고 그녀의 상상력도 시간이 흐르면서 더욱 커져갔다.

그녀는 수도원 회랑을 걸으면서 이런 영감을 받기도 했다. 회랑 바닥에는 무수히 많은 흰 조약돌이 깔려 있었고, 그 한복판에 검정 조약돌이 깔려 있었는데, 흰색 가운데 검은색이 놓여 있는 형상이 그녀의 상상력을 자극했다. 그녀의 눈에는 그것이 숫자 '5'처럼 보였다. 회랑의 모자이크는 누가 봐도 5라고 인식될 만한 형상은 아니었지만, 어린 샤넬은 그 무늬를 숫자 5가 여러 개 펼쳐져 있는 것으로 보았다. 그리고 그것을 아름답다고 여기며 주목했다.

이곳에서 탄생한 것은 비단 샤넬 브랜드를 상징하는 숫자뿐만이 아니다. 샤넬에서 자주 쓰는 색깔도 여기서 나왔다. 수도원 곳곳에는 흰색과 검은색이 조화를 이루는 장소가 있었으며, 수도원에서 착용하는 의복 또한 흰색과 검은색으로 이루어져 있었다. 매일같이 보았던 이 두 가지 색은 그녀의 무의식 속에 자연스럽게 스며들었고, 그녀의 심미안에 많은 영향을 주었다.

어린 샤넬은 그녀의 공상이 먼 훗날 얼마나 위대한 세계를 창조해낼지 몰랐을 것이다. 나는 그 누구와도 같지 않은, 독특한 상상력을 지닌 그녀의 정신을 존경했다. 그녀에게는 자신만의 색깔이 있었다. 그리고 그녀 또한 스스로가 독특한 매력의 소유자라는 것을 잘 알고 있는 것 같았다. "나는 그 누구와도 같지 않다"라는 말을 남겼을 정도였으니까.

그 말이 좋았다. 그리고 나도 다른 이들과는 다른 존재라면, 내가 가진 고유의 색은 무엇일지 궁금했다. 그래서 이 질문에 답을 찾으려 무던히 애를 썼고, 또 많은 시간을 할애했다. 해보고 싶은 경험이 있으면 뛰어들었고, 그 길이 아니면 과감히 돌아섰다. 물론 그 과정에서 많은 상처가 있었던 것은 사실이다. 그러나 그때 경험하지 않는다면 결국 나중에 후회로 남을 게 분명하니 나는 불구덩이로 기꺼이 몸을 던졌다. 불구덩이에서 되돌아왔을 때, 무척이나 쓰리고 아팠다. 그리고 여러 계절 동안, 나는 샤넬 정신을 잊고 살았다. 상상력이 없는 삶을 이어갔다.

캄봉 거리의 샤넬 앞에서 막연히 그녀의 정신을 닮고 싶다고 생각했던 나는, 7년이 지난 후에 이런 생각을 하게 되었다. 어쩌면 샤넬의 로고는 우리의 인생을 나타내는 것일지도 모른다. 알파벳 C가 반대 방향으로 서로 교차된 모양은 마치 흑과 백의 두 세계를 넘나드는 것을 보여주는 듯하다. C는 각자 다른 방향을 향하고 있지만 한가운데에서 교차된다. 그 지점은 우리가 살면서 경험하는 모든 것들이 전혀 다른 방향으로 나아가는 것 같지만, 결국에는 어디선가 만나게 된다는 것을 말해준다. 전혀 상반되는 두 개의 혹은 여러 경험이 만나 새로운 무언가를 창조해내는 순간. 나는 누구에게나 그런 순간이 있다고 믿는다. 무릎을 탁 치는, 번뜩이는 영감이 떠오르는 '아하!'의 순간 말이다. 그 번뜩임이 있기까지 우리는 흑과 백의 세계를 드나든다. 흑의 세계에서 더 이상은 희망은 없다고 울부짖다가도 어느 순간 빛 한줄기를 발견하고 백의 세계로 넘어가기도 한다. 그 흑과 백의 교차점이 앞서 이야기한 C가 교차되는 지점이며, 인생의 변곡점이며, 행운이나 기적의 순간이다. 나는 누구나 그 순간에 자기만의 색깔을 발견할 수 있다고 믿는다.

가장 따뜻한 언어

쇳빛 뼈대를 훤히 드러낸 낮의 에펠탑 아래, 많은 사람들이 모여 있었다. 에펠탑을 품은 샹드마르스 공원에는 탑의 끝을 보기 위해 고개를 한껏 뒤로 젖힌 사람, 잔디밭에 드러누워 여유를 즐기는 사람, 무언가를 먹거나 마시는 사람, 팔찌를 팔거나 서명을 강요하는 집시 군단까지, 온갖 군상의 모습이 보였다. 에펠탑은 사람들 간의 경계를 허물어뜨리는 어떤 신성한 기운을 내뿜고 있는 듯했다.

나는 무엇에 홀리기라도 한 것처럼 입을 약간 벌린 채로 연신 사진을 찍었다. 내가 파리에 왔다는 걸 증명하기 위한 몸짓이었을 테지만, 어쨌거나 사진을 찍고 있는 그 순간 묘하게 기분이 좋아졌다. 그건 오로지 에펠탑 때문만은 아니었다. 에펠탑 주위에 모인 다국적의 사람들, 나는 알지도 못하는 그 사람들에 의해 가슴이 두근거리고, 미소가 지어졌다.

주머니에 양손을 찔러 넣고 잔디밭을 걸었다. 대화할 상대가 없으니 나는 가만히 침묵했고, 그 침묵은 주변의 소리를

끌고 왔다. 불어가 들렸고, 일본어가 들렸고, 영어가 들렸고, 중국어가 들렸고, 한국어가 들렸다. 그리고 내가 모르는 몇 개의 언어도 들렸다. 한 번도 가본 적 없는 나라의 언어와 몇 번인가 가본 적 있는 나라의 언어가 부드럽게 섞이며 귓가를 간지럽혔다. 기분이 좋았다. 여러 나라를 내 앞으로 끌어다 놓은 것 같아서. 그 어디에서도 들어본 적 없는 노래 같아서.

흐뭇한 미소를 지으며 작은 매점 앞에 멈춰 섰다. 투명한 유리 진열장에 빼곡히 들어선 누텔라가 눈에 들어왔다. 시력이 좋지 않아 두 눈을 가느다랗게 뜬 상태로 메뉴판을 더듬어 내려갔다. '잠봉 크레페'라는 메뉴가 보였다. '잠봉? 잠봉이 뭐지?' 그 자리에서 바로 핸드폰을 꺼내 잠봉을 검색해보니, 얇

게 저민 햄이라는 뜻이었다. '아 햄을 넣은 거구나. 누텔라 넣은 건 먹어봤으니까 이걸로 해야겠다.'

메뉴를 결정하고 나니 이제는 뭐라고 말할지가 고민이었다. '기왕 파리에 왔으니 불어로 주문해보고 싶은데.' 입을 달싹거리며 내 차례가 올 때까지 한 문장을 연습했다. 이윽고 내가 주문할 차례가 되었을 때 나는 잠봉 크레페를 가리키며 이렇게 말했다.

"Un crêpe s'il vous plaît(크레페 하나 주세요)."

내 말을 알아들을까 조금은 걱정하며 말을 건넸지만, 서글서글한 표정의 주인아주머니는 다행히도 내 말을 단박에

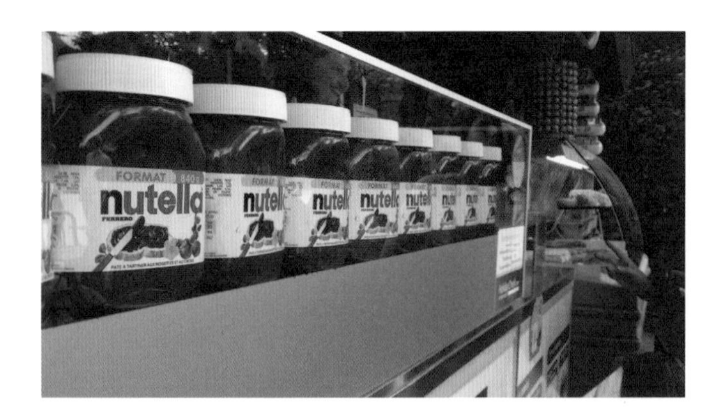

알아들었다. 그리고 잠시 후 얼굴 가득 미소를 지으며 몇 개의 동전과 하얀 종이에 감싼 잠봉 크레페를 내밀었다.

짧은 한 문장이었지만, 무언가에 도전해서 성공했다는 작은 성취감이 느껴졌다. 누군가에게는 아무것도 아닐 수 있지만, 완벽하지 않은 이국의 언어를 내뱉는 것에 유달리 겁이 많았던 내게는 상쾌한 기분을 느끼게 해준 고마운 문장이었다. 흡족해진 마음으로 벤치에 앉아 크레페 한입을 베어 물었다. 눈앞에는 어린아이들을 태운 목마가 한가로이 돌아가고 있었다.

약간의 허기를 채운 다음 공원을 좀 더 걸었다. 풀밭 위의 사람들은 평온해 보였고, 행복해 보였다. 공원 끝에 다다랐을 때 하늘 위로 세차게 물을 뿜어내는 연둣빛 분수가 등장했다. 나는 그곳에서 이상하리만치 기분이 좋아 평소에는 잘 하지도 않는 행동을 했다. "저기 죄송하지만, 사진 한 장 찍어주시겠어요?" 근처에 있던 커플에게 사진을 찍어달라고 부탁한 것이다. 핸드폰을 건네 받고 보니 이제까지 단 한 번도 보지 못한, 독특한 구도의 사진이 나왔다. 나름의 기교를 넣은 것이리라. 나와 뒷배경을 모두 담아내기 위해 피사체가 대각선에 위치하도록 찍은 사진이었다. 사진 속 나는 웬일인지 어색함에도 불구하고 치아가 드러날 정도로 활짝 웃어 보이며 오른쪽 허리 위에 손을 짚고 있었다. 내 뒤에는 여러 나라의 언어가 새겨진 유리 벽이 있었다.

나는 유리 벽 가까이에 다가섰다. 반갑게도 탑의 맨 꼭대기에 어려서부터 친숙했던 한자가 적혀 있었다. 온기 가득한 낱말, '평화'였다. 그 아래로 휘갈겨 놓은 듯, 미끄러지는 듯한 또 다른 이국의 언어가 빼곡히 적혀 있었다. 추측하건대 평화의 다른 나라 말 같았다. 알고 보니 그것은 '평화의 벽'이었다. 그리고 그 옆의 둥그스름한 기둥에는 반가운 한국어도 적혀 있었다. 16개 언어로 평화라는 단어를 적어놓은 이 비둘기색 기둥은 여러 국가의 평화를 간절히 염원하는 상징물이었다.

그제야 내가 무엇 때문에 그토록 기분이 상쾌했는지 알 것 같았다. 그건 언어에서 비롯된 것이었다. 나는 에펠탑이 있는 그곳에서, 타국의 언어를 말했고, 들었고, 느꼈다. 그리고 마지막에는 따스한 낱말이 전해주는 언어의 보이지 않는 힘도 느꼈다. 언어에도 기운이 있고 에너지가 있다. 그래서 나는 이토록 아름다운 언어를, 좀 더 넓은 차원에서 활용해보면 어떨까 하고 생각했다. 그때까지 내가 사용하는 언어는 한국어와 일본어로 국한되어 있었다. 한일 양국의 언어를 통해 느꼈던 충만한 행복을, 좀 더 넓은 세계에서 느껴보고 싶다는 생각이 스쳤다. 평화의 벽이 나에게 준 영감이었다. 아주 오랜만에 가슴이 뛰었다.

파리에서 돌아오고 나서 한 달 뒤 나에게 도움을 준 사람들과 작별 인사를 나누고 회사를 그만두었다. 그리고 나는 무언가에 홀린 듯 37개국어의 언어를 통번역하는 에이전시를 설립했다. 평화의 벽이 내게 보내준 신성한 기운을 믿으며.

파리의 감각

내 영혼에 새겨진 한없이 따뜻한 여행의 순간들

초판 1쇄 발행 2022년 9월 26일

지은이 정연숙
펴낸이 성의현
펴낸곳 ㈜미래의창

책임편집 최소혜
홍보 및 마케팅 연상희·이보경·정해준

출판 신고 2019년 10월 28일 제2019-000291호
주소 서울시 마포구 잔다리로 62-1 미래의창빌딩(서교동 376-15, 5층)
전화 070-8693-1719 **팩스** 0507-1301-1585
홈페이지 miraebook.co.kr
ISBN 979-11-92519-14-2 03810